**매일의
감탄력**

매일의
감탄력

김규림 지음

평범한 세상에서
좋은 것을 발견하는 힘

whale books

진심으로 감탄하고
좋은 것을 발견하는 힘

"거기 진~짜 좋아요!"

"그 영화 진~짜 인생 영화!"

신입사원 시절, 제 별명은 '김과장'이었습니다. 뭐든 호들 갑 떨며 좋아하는 저를 보고는 동료들이 과장 좀 하지 말라며 붙여 준 별명이었죠. 제 딴에는 진심이었기에 처음에는 좀 억 울했지만, 시간이 지날수록 저는 이 별명이 조금씩 더 좋아지 기 시작했어요. 인생 경험이 쌓이면서 많은 것들에 무뎌지기 마련인데, 무언가에 매번 놀라는 것이야말로 즐거운 삶의 보 증 수표이자 인생의 축복이라는 생각이 들었거든요. 별것도 아닌 일에 놀라고 호들갑을 떠는 것도 사실은 능력이 아닐까 하는 어렴풋한 생각이 이때 시작되었던 것 같아요.

저는 평생 지방에 살다가 일을 시작한 20대 초반 이후에 서울로 이사를 왔는데요. 거리에 펼쳐진 모든 장면이 경이롭고 놀라웠습니다. 그런데 수년간 서울에서 지내다 보니 그토록 충격적이었던 이곳에도 조금씩 익숙해지더라고요. 새로운 전시나 가게가 오픈했다고 하면 누구보다 먼저 한달음에 달려가던 저도 이제는 '뭐가 다르겠나' '가도 다 비슷하지'라는 생각이 드는 거죠. 세상에 대한 호기심이 조금씩 흐려짐을 느끼고는 조금 슬퍼졌습니다. 사실은 두려웠다는 표현이 더 알맞을지도 모르겠어요. 이 세상에 더 이상 놀라운 것이 없다면 삶이 얼마나 단조롭고 심심할까. 모든 것에 뜨뜻미지근, 무관심한 반응을 하는 저를 떠올려 보니 무서웠습니다.

모든 것이 처음인 어린아이처럼, 무언가를 처음 도전하는 사람처럼 항상 첫 마음으로 살 수 있다면 얼마나 신나고 즐거울까요. 물론 마음먹는다고 되는 쉬운 일은 아니지만 일상에 무뎌짐을 최대한 미룰 수 있다면 참 좋겠습니다. 해가 갈수록 예전의 경험을 바탕으로 비교하고 비판하는 데에 더 익숙해집니다. 그럴 때일수록 제가 가지고 싶은 단 하나의 초능력이 있다면 바로 '감탄력感歎力'입니다. 말 그대로 무언가에 진심으로 감탄하고 좋은 것을 발견하는 힘, 그 힘이 있다면 인생을 좀 더 풍성하고 즐겁게 살아갈 수 있을 테니까요.

그래서 바지런히 저녁에 일기를 쓰고, 매주 블로그에 짧은 글을 씁니다. 쓸 거리를 발견하기 위해서는 평범한 하루에 어떤 일이 있었는지, 어떤 생각이 내 머릿속을 스쳤는지 찬찬히 살펴봐야 하는데, 대수롭지 않게 넘겼던 일들이 실은 놀라운 일들로 가득 차 있었다는 사실을 쓸 때마다 깨닫게 됩니다. 해가 갈수록 많은 것에 익숙해지고 무뎌지는 건 어쩔 수 없지만, 그래도 여전히 작은 것들에 감탄하고 놀라워하며 살고 싶어요. 일상의 작은 놀라움들을 길어 올리기 위해 수년간 블로그에 매주 썼던 저의 짧은 글들이 누군가의 작은 놀라움으로 이어지면 참 기쁘겠습니다.

매일 작은 것들에
감탄하며 살 수 있다면 -

Step 1. | '갓생'보다 '걍생'
나만의 속도로 걷는 첫걸음

Step 2. "힘내!" 아니 "힘 빼!"
우리를 구할 유연한 생각 전환법

Step 3. | '완벽' 대신 '최선'
게으른 완벽주의자들을 위한 '저지르기'의 힘

Step 4. | '남다르게' 말고 '나답게'
지속 가능한 행복탄력성을 키우는 법

Step 1.

'갓생'보다
'걍생'

나만의 속도로 걷는 첫걸음

비판력과 감탄력

"그런데 규림 님은 다 좋다고 하잖아요." 회의 중에 내 생각을 말하면 곧잘 돌아오는 말이었다. 뭐든 다 좋다고 말하는 내 습관은 오랫동안 큰 고민이었다. (실은 지금까지도 그렇다.) 내 딴에는 정말 좋아서 좋다고 말한 거였지만. 그러고 보니 다들 별로라는데 내 눈에는 그저 좋아 보이는 게 꽤 많았다. 내 기준이 너무 낮은 건 아닐까. 뾰족한 결과물을 만들어야 하는 기획자로서 무엇이든 날카롭게 보는 눈이 중요할 텐데 이렇게 다 대단하고 좋아 보여서야 어떻게 할까. 내가 너무 헤픈 눈을 가진 게 아닐까. 그래서 가끔은 좋다고 느끼면서도 '있어 보이려고' 일부러 지적하기도 했다.

하지만 살면서 이것이 나의 행복과 연결되어 있다는 걸 발견하며 어쩌면 마냥 걱정할 게 아니라 큰 축복일지도 모른다는 생각이 들었다. "와, 좋다, 좋아!"라고 많이 말하고 자주 감동하는 친구들, 동료들과의 만남이 그 생각에 힘을 보탰다. 잘 감동하는 습성은 좋은 의견에 쉽게 설득당하고, 상대방의 멋진 점을 바로 인정하고, 평범함에서 비범함을 발견하는 능력과 밀접하게 맞닿아 있다는 것을 깨달았기 때문이다.

감동하고 칭찬하는 것보단 지적하는 게 멋져 보이는 것도 사실이다. 실제로 무언가를 날카롭게 평가하는 일은 '능력'이라고 부르고, 평론가 같은 직업을 가진 사람도 있지만, 무언가에 진심으로 감탄하고 좋은 점을 인정하는 것은 보통 능력으로 치지 않는다. 하지만 나는 이렇게 생각한다. "누가 그 일을 하라고 칼 들고 협박했냐"는 뜻으로 궁지에 몰린 사람을 비난하는 '누칼협'이나 바닥에 떨어진 사람을 조롱하는 '나락밈'처럼 서로를 깎아내리고 타인의 잘못된 점을 지적하려고 혈안이 된 요즘은 오히려 좋은 점을 발견하고 경탄하는 것도 능력이지 않을까? 그걸 우리는 '감탄력感歎力'이라고 부를 수 있지 않을까? 그런데 마침 읽고 있던 책에서 햇살 같은 문장을 만났다.

남들이 모르는 것을 알고, 다른 사람에게는 보이지 않는 것을 볼 수 있는 이유는 결국 자신만이 갖고 있는 스토리가 있기 때문일 겁니다.

-《일을 잘한다는 것》

많은 사람이 별로라고 하는 것이 자신에게는 좋아 보인다고 해서, 그게 무조건 본인의 기준이 낮다는 뜻은 아니다. 다른 사람의 눈에 보이지 않는 무언가를 볼 수 있는 이유는 자신만이 가진 '스토리 레이더망'에 걸려서일 수 있다는 사실. 누군가의 깊은 관심사나 고유한 이야기는 어떤 것의 좋은 점을 더 강력하게 당겨서 볼 수 있는 자석이 되기도 할 테니 말이다.

그러니 이제는 감탄을 많이 한다고 걱정하기보단 그저 그 사실에 감사하며 더 자주 감동하고 칭찬하기로 결심했다. (노력한다고 해서 마음껏 되는 것도 아니지만.) "누군가에게 비판력이 있다면, 나에겐 감탄력이 있다!"라는 자부심으로 말이다.

와..
좋다좋아!

어쩌면,
감탄하는 능력 (感歎力) 이
내가 가진 가장 큰 능력일지도?

당신의 목소리로
살고 있나요?

최근 오랜만에 강연을 했다. 시작하기 1분 전까지 심장이 터질 것 같아서 당장 어디라도 숨어 버리고 싶었는데, 막상 시작하고는 그럭저럭 이어 나갔다. 강연이 끝나고 집에 돌아와 기진맥진해 쓰러져 있던 중 유튜브 알고리즘에 이끌려 한 영상을 보게 되었다. 배우 이청아의 채널이었다. 그러고 보니 얼마 전 봤던 드라마 <셀러브리티>에서 유독 중저음 목소리로 하는 연기가 인상적이었는데, 마침 유튜브로 이것저것 검색하다가 그가 자신의 진짜 목소리를 찾은 이야기를 하는 영상에 다다랐다.

이청아는 어렸을 때 데뷔했기 때문에 연기할 때 '밝고 발랄하게' 하라는 주문을 많이 받았다. 그런데 어느 날 발성 클리닉에 가 이야기를 나눠 보니 자신의 목소리가 보통 사람의 평균보다 훨씬 더 저음임을 알게 되었다고. 선생님은 그에게 '첼로로 바이올린 소리를 내고 있으니 힘들 수밖에 없었을 것'이라고 진단했다. 그 말을 들은 이청아는 그때부터 자신의 목소리로 살기로 결심했다. (이번에 알게 된 건데, 오랫동안 말없이 가만히 있다가 '나'라는 단어를 말할 때 목소리가 그 사람의 원래 목소리에 가장 가깝다고 한다.)

그러고 보니 최근 그가 나오는 드라마를 보면서 '음? 언제부터 목소리가 저렇게 저음이었지?' 의아하다가도 그 목소리가 자연스럽고 듣기 좋다고 생각했다. 역시 나 말고도 많은 사람들이 이전의 높은 목소리보다 지금의 낮은 목소리로 연기할 때 한결 편안해 보인다고 그에게 이야기한다. 다른 사람을 연기하는 와중에도 자신의 본모습을 지킬 때가 아이러니하게도 최상의 모습인 것이다.

연신 고개를 끄덕이며 영상을 봤다. 때때로 태어난 기질과 정반대로 연기하느라 애쓰는 스스로가 계속 신경 쓰였기 때문이다. 내향성이 매우 강한 나지만 심지어 나와 가까운 주변 사람이라도 그 사실을 알고는 깜짝 놀랄 때가 많다. 타인과 이야기할 때 티를 많이 내지 않고, 나의 실제 성격보다 훨씬 더 톤을 업up시키고 말을 많이 하며 사람을 대하기 때문이다. MBTI를 통해 E(외향성)와 I(내향성)로 성격을 구분하기 전까지 '누군가를 만날 때마다 기가 잘 빨린다'라는 속엣말을 꺼낼 일도 딱히 없었지만, 이렇게 철저히 본래 기질을 숨기고 있으니 다른 사람보다 에너지가 두 배나 들었다. 그건 모두 나만 알 뿐이었다. 집에 와 기진맥진해 기절하는 일상, 이게 얼마나 지속될 수 있을까?

마케팅이나 기획 등 사람을 만날 일이 많은 직업을 얼떨결에 가지게 되고서는 이다음 직업은 누군가를 만나지 않고 혼자서 할 수 있는 일을 하고 싶었는데 역시 예상만큼 쉽지는 않다. 근사한 일들은 누군가와 함께하는 거니까. 다만 버전을 조금 바꿔서, 자연스럽게, 내 기질과 가장 비슷하게 하는 것을 다음 목표로 삼았다.

침묵을 어색해하는 사람도 있고, 내가 지금껏 쌓은 이미지와 달라 나를 불편해하는 사람도 분명 있겠지만 오래오래 일을 잘하고 싶으면, 가장 중요한 것은 역시 내 체력이 아니겠나. 진짜 목소리를 자각하고 되찾아 나간 과정이 녹록지 않았겠지만 어느 때보다 가장 편안해 보였던 배우 이청아를 보며 생각했다. 내 목소리로 살 것, 내 기질 그대로 자연스럽게 보여 주며 살 것. 시간이 걸리겠지만 꼭 해내고 싶다. 오래 즐겁게 일하고 싶으니까.

깨지고 나서야
생기는 것들

───────────

살면서 가장 큰 폭으로 성장했던 순간들을 떠올려 보면, 대다수는 그것을 해내려고 꽤나 무리했던 때라는 사실을 금세 깨닫게 된다. 태어나 처음 해 보는 수많은 일을 마주하고, 막막함에 헤엄치다 오만가지 시행착오를 겪으며 고생한 끝에 가까스로 해낸 순간들. 그때로 돌아가 다시 하라면 하겠냐는 질문에 영 망설여질 것 같은 그런 순간들이 나를 가장 성장시켰다는 사실은 도저히 믿고 싶지 않은 진실이다. (이건 마치 구내염에 알보칠을 바르면 가장 빨리 낫지만 너무 고통스럽다는 걸 알기에 명약이라고 믿고 싶지 않은 것과 같은 이치다.)

그때 그 고통이 성장 과정이라는 사실을 알고 있다면 좀 더 기꺼이 즐길 수 있었으려나? 아무래도 그럴 일은 애초에 없을 것이다. '내가 무슨 부귀영화를 누리겠다고 이 고생을?' 하던 순간이 유의미한 성장 포인트였다는 건 대개 시간이 지난 후에야 알게 되곤 하니까 말이다. 이것이 의미하는 건 아무래도 매일 형벌을 수행하는 시시포스처럼 우리도 깨지고 다치고 부스러지기를 반복할 운명이라는 게 아닐까.

> 형태가 있는 건 깨지는 법이다. 깨지고 나서야 다시 새로운 것이 생기지. 그게 계속 반복되는 거야.
>
> – 〈요리 삼대째〉

연휴에 드라마를 보다가 만난 대사다. 정신이 바스러진 상태여서였는지 몰라도 유난히 마음에 깊이 찔러 들어왔다. 내가 깨져 있던 나날들, 좌절을 거듭한 이후 더 새롭고 단단해진 경험이 떠올라 어쩐지 위로가 되었다. 곤충의 변태 과정과도 참 비슷하다는 생각이 들었다.

어릴 때 장수풍뎅이를 키웠는데, 번데기에서 탈피한 모습에 충격을 받았다. 번데기에서 나온 풍뎅이는 이전의 애벌레와 같은 생명체라고는 믿을 수 없을 정도로 진화된 곤충이었다. 시나브로 자라나는 동물과 비교하면 변태할 때 곤충은 외형의 변신이 매우 파격적인 편인데, 이 과정이야말로 '깨지고 나서 새로운 것이 생긴다'라는 표현과 가장 가깝지 않을까.

그렇다. 눈에 띄는 성장과 변화를 위한 가장 빠른 방법은 깨져 버리는 것이다. 그러나 이렇게 쓴다고 갑자기 어제오늘의 고민과 괴로움이 금세 사그라들 리 없다. 깨진 상태의 나는 늘 괴로워할 테고 내가 길을 잘못 든 건 아닌지 의심할 것이고, 또 때로는 '원래대로 있을 걸' 하고 후회할지도 모른다.

하지만 이렇게 깨지고 무너지고 난 후에는 늘 새로운 것이 생긴다. 늘 그래 왔단 사실이 주는 믿음이 이제는 이 고통에 약간은 익숙해질 수 있는 힘이 된다. 존경해 마지않는 디앤디파트먼트의 디렉터 나가오카 겐메이는 "추억이란 건 인생에서 무리한 순간을 돌아보는 일"이라고 했다. 이렇게 된 이상 좀 더 신나게 깨지고 무너져 봐야겠다. 부디 파편에 베여 크게 다치지만은 않길 바랄 뿐이다.

눈에 띄는 성장과 변화를 위한

가장 빠른 방법은 깨져 버리는 것이다.

하지만 이렇게 깨지고 무너지고 난 후에는

늘 새로운 것이 생긴다.

이렇게 된 이상 좀 더 신나게 깨지고

무너져 봐야겠다. 부디 파편에 베여

크게 다치지만은 않길 바랄 뿐이다.

망각이라는 축복

나쁜 기억과 나쁜 경험은 무거운 짐과 같아요. 더 나은 현재와 미래를 추구하는 사람에게 망각은 훌륭한 선물이 될 수 있어요.

- 에란 카츠

세계에서 기억력이 가장 뛰어난 사람으로 기네스북에 오른 에란 카츠가 한 말이다. 기억력 천재가 망각을 예찬한다는 것이 약간 특이하지만 그의 말에 무척이나 공감했다. 기회와 도전 앞에서 나를 망설이게 한 건 언제나 지난날의 나쁜 경험이었다. 인간은 과거의 경험을 토대로 현재와 미래의 일들을 예측한다. 좋은 경험은 자연스럽게 다음 단계로 발걸음을 나아가게 하지만, 나쁜 경험은 발목을 잡는다. "해 봤자 또 힘들 거야" 혹은 "해 봤는데 안 되었잖아"라며 의지를 꺾어 버리면서.

어린아이일수록 겁이 없다. 경험 데이터가 0이기 때문에 뜨거운 물도, 날카로운 물건도 그들에게는 두렵거나 위협적인 존재가 아니다. 뜨거운 물과 날카로운 물건이 두려운 대상이 되는 건 그것에 데이고 다친 경험을 한 이후다. 우리는 살면서 다양한 일을 겪으며 새로운 사실들을 배우고 깨닫는다. 좋은 경험으로부터는 교훈과 자신감이, 나쁜 경험으로부터는 경각심과 두려움이 생긴다. 이렇게 쌓인 경험 데이터가 우리의 용기가 되고, 때로는 공포가 되기도 한다.

살면서 좋은 경험만 할 수 있다면 얼마나 좋겠냐마는, 도전을 거듭하다 보면 실패 경험 또한 피할 수 없다. (백승무패라면 너무 쉬운 레벨에서만 계속 게임하는 건 아닌지 의심해 봐야 한다.) 나쁜 경험은 사기를 꺾고 다음 도전을 방해한다. 중립 상태에서 용기를 내어 시작하는 일도 어려운데, 나쁜 경험까지 극복하고 나아가는 일은 몇 곱절의 에너지와 노력이 필요하다. 그러니 "망각이 훌륭한 선물"이라는 말은 정말로 맞다. 할 수만 있다면 트라우마를 계속 떠올리며 뒷걸음질하기보다는,

잊어버리고 다시 시작하는 것이 훨씬 간단하고 마음 편하지 않은가. 그러니 망각이야말로 진정한 축복이 아닐는지.

그러나 사람이 컴퓨터도 아니고 나쁜 경험만을 삭제할 수는 없는 노릇이다. 게다가 실패한 경험으로부터 생긴 노하우와 지식도 분명히 도움이 되지 않는가. 모든 것을 잊을 수도 없고 잊어서도 안 된다. 정말 망각해야 할 것은 마음속에 남은 두려운 감정이 아닐까. 살면서 언제든 나쁜 경험을 할 수 있다는 사실을 받아들이고, 실패를 겪은 만큼 경험 데이터가 생겼으니 다음 결과는 다르게 만들 수 있다는 믿음. 그것만이 두려움을 잊어버리는 데 도움을 줄 수 있을 것 같다. 또한 자신을 믿고 안심시키고 위로하는 모든 행위가 나쁜 경험을 망각하는 데 좋은 영향을 줄 것이다.

분명히 삶에 이로운 망각이 있다. 머리든 마음이든 어떤 부분은 지워야 새로운 것이 들어찰 공간이 생기기 마련이니 안 좋았던 경험들은 부지런히 잊으려 노력한다. 실은 망각이 절실한 요즘이다. 과거에 머물러 있거나 회상하는 데 시간을 지체하지 않고 앞으로 멀리 나아가고만 싶어서.

(나쁜 건 잘 까먹는 편)

'몰아 보기'의 시대에
뜨개질한다는 것

빠르게 돌아가는 세상 속에서는 모든 순간이 기회비용이다. 적절한 도구를 활용한다면 우리는 하나 할 시간에 두세 개를 해낼 수 있고 16시간 들여서 볼 콘텐츠를 단 1시간 만에 몰아 볼 수도 있으며 과거에는 사람이 오랜 시간 들여 찾아야 했을 정보도 요즘은 챗봇이 간단하게 정리한 보고서로 받을 수 있다. 이렇게 아낀 시간은 다른 일을 하는 데 투자할 수 있다. 시간의 밀도가 높아지면서 잠깐의 쉼도 빠른 도태로 이어질 수 있는 까닭에 우리는 점점 경쟁하듯 '갓생'을 살 수 있는 다양한 방법을 찾고 있다.

몇 년 전, 갑작스럽게 덮쳐 온 우울에 빠져 허우적거리는 나날을 보냈다. 우울의 원인은 물론 여러 가지이겠지만 가장 큰 원인은 아무래도 쉴 때 바보 같은 콘텐츠들을 보면서 시간을 낭비하는 내 모습을 견딜 수 없었기 때문이다. <개그콘서트> 이후로 오랫동안 예능 프로그램을 본 적이 없는데, 요즘은 삶에 빈틈이 생길 때마다 스마트폰으로 오락성 콘텐츠만 소비하고 있으니 시간이 너무 아깝고, 아까워하면서도 그걸 계속하는 내가 한심하게 느껴졌다. 이 시간에 할 수 있는 일이 얼만데. 물론 몇 시간 정도 쉬는 게 뭐가 나쁘겠나. 하지만 머리로는 알면서도 자책이 심해져 자존감까지 흔들릴 위기에 처하자, 위험하다 싶어 심리 상담 선생님을 찾았다.

나: 퇴근 후 오락성 콘텐츠만 보고 있는 제 모습을 견딜 수가 없어요. 그 시간을 아끼면 할 수 있는 게 너무 많은데, 절제하지 못하는 자신이 한심하게 느껴져요.

선생님: 하루 종일 열심히 일하고 온 자신에게 생산성을 또다시 강요한다는 게 너무 가혹하다는 생각은 안 해 보셨나요? 기계도 계속 돌아갈 수는 없듯이 사람의 뇌도 쉬는 시간이 필요하답니다.

그렇게 나에게 내려진 처방은 일명 '거룩한 낭비.' 선생님은 내게 잘하고 싶은 걸 더 잘하기 위해서 쉼은 어떤 형태로든 필요하단 사실을 당연히 여기고, 하루 중 일정 시간은 더 적극적으로 '낭비'라고 느껴지는 행위를 '찾아서' 해 보라고 제안하셨다.

사실 '거룩한 낭비'라는 단어를 듣는 순간 마음에 들어 상담받는 동안 여러 번 노트에 반복해 적어 보며 곱씹었다. 사소한 것에서 장엄함을 찾듯 낭비에서 거룩함을 찾을 수 있다는 발상부터가 거룩하지 않나. 그래서 앞으로는 내가 생각하는 '쓸데없는 일'을 더 적극적으로 찾아서 하되, 이전처럼 죄책감을 느끼기보다는 그 시간으로 인해 내가 다시 나아갈 힘을 얻을 수 있다고 생각하고 고마워하기로 했다.

기왕이면 일과 관련해서 자극이나 영감을 얻는 것보다는 일과 완전히 관련 없는 낭비 행위라면 더 좋겠다고 생각했다. 문제의 본질은 쉬는 게 부족해서가 아니라 일하지 않고 쉰다는 것 자체에 대한 죄책감이었으니 그 마음을 다스리는 것이 관건이었다.

그래서 우선 뜨개질을 시작했다. 여전히 생산적이지만 판매하거나 사용하겠다는 목적이 아니라 그저 그 행위 자체를 목적으로. 실을 한 코, 한 코 뜨다 보니 이내 깨달은 건 세상에는 생략할 수 없는 과정도 존재한다는 점이었다. 요점 정리, 몰아 보기, 10초 빨리 감기가 만연한 세상이지만 뜨개질의 세계에서는 한 코를 건너뛰면 전체가 균형을 잃으니 이 모든 건 불가능하다. 그저 매 순간 묵묵히 해내다 보면 정직하게 완성되는 결과물들에 어쩐지 위안을 받았다. 생략과 효율의 법칙이 적용되지 않는 세계라니, 실과 코바늘만 들면 방금까지 내가 있던 세계와는 정반대의 세계로 들어설 수 있구나.

이야기가 잠시 샜지만 그래서 나의 주요 화두, 그리고 여전히 나의 가장 큰 관심사는 '거룩한 낭비'다. 일을 완벽하게 끝내서 보상으로 내게 주는 휴식이 아니라, 낭비 자체가 효용을 가진다는 것이 내게는 훨씬 더 강렬하고 설득력 있게 다가왔달까. 완전히 털어 내고 비워 내는 일. 브레이크를 당연히 여기는 일. 무엇보다 이 모든 것에 선행되어야 할 일은 그 시간을 누릴 자격이 충분하다고 자신을 인정해 주는 일이라고 생각한다. 나에게 가장 엄격한 내게 안겨진 숙제를 잘해 나가보려 한다. 쉽진 않겠지만.

못 박기는 위험해

"난 죽있다 깨어나도 그건 못해." "내 평생 그걸 할 일은 없을 거야." "내 나이가 몇인데 그걸 할 수 있겠어?" 우리는 알게 모르게 자신에게 못을 많이 박는다. 성별, 나이, 학력, 전공, 과거, 가정 환경, 스펙 등 과거의 자신이, 혹은 다른 사람들이 으레 밟아 왔던 단계를 떠올리며 스스로를 틀 안에 가둔다.

우리는 그렇게 과거의 틀에 갇혀 여러 기회를 놓치고 살아간다. 전공 때문에 다른 직업을 꿈꾸지 못하는 취업준비생, 하고 싶은 일이 있는데도 오랫동안 해 온 일 때문에 포기하는 회사원, 나이 때문에 새로운 것을 쉽사리 시작하지 못하는 중년, '글은 작가나 쓰는 거지' '그림은 전공자나 그리는 거지'라는 생각으로 도전하지 못하는 사람들까지. 가까운 주변인, 혹은 자신의 모습이지 않은가?

코이Koi라는 물고기는 자신이 사는 물속 환경에 따라 크기가 달라진다는 이야기를 들은 적이 있다. 어항에서 키우면 손가락만큼 자라지만 연못에 풀면 팔뚝만큼, 바다에 풀면 사람만큼 크게도 자란다는 코이의 법칙Koi's law이다. 우리도 마찬가지다. 자신을 작은 틀 안에 가두면 우리 한계는 딱 거기까지다. 하지만 그 틀을 깨는 순간 우리 앞에는 더 큰 크기로 자랄 수 있는 세계가 펼쳐진다.

내 인생에 큰 영향을 준 북 커버 디자이너 피터 멘델선드는 원래 클래식 피아니스트였다. 음악인으로 왕성히 활동하던 그는 서른 살이 넘어서야 디자인을 독학해 북 디자이너가 되었다. 그가 "나는 피아니스트이니 피아노만 칠 거야"라고 애초에 정의했더라면 결코 다른 꿈을 꾸지 못했을 것이다.

자신에 대한 가능성을 조금만 열어 두어도, 나라는 사람이 무어라고 못 박지만 않아도 우리는 어제까지 만나 보지 못한 자신의 또 다른 모습을 발견할 수 있다. 어제의 아르바이트생이 내일의 톱스타가 되고, 만년 체육 꼴찌가 열정적인 마라토너가 되고, 평범하게 살던 회사원이나 주부가 유명 작가가 되는 게 결코 이상하지 않은 세상이니까. 우리는 언제든 무언가가 될 수 있다.

스스로 만들어 둔 의미 없는 틀에 갇혀 살고 있지는 않은가. 그 틀이 새로운 시도를 방해하고 있지는 않은가. 틀을 깨면 항상 새로운 길이 열리고, 그 길을 탐험하며 우리는 성장할 수 있다. 예상치도 못한 순간에 인생은 완전히 달라질 수 있다. 그래서 자신을 가두고 막지 말고, 가능성을 열어 두는 것이 중요하다. 한 치 앞도 모르는 인생이지만, 이왕 살 거라면 이것저것 해 보며 넓게 사는 게 더 재미있고 신나지 않겠나!

1년 전 나는 내가 그림을 그리게 될 줄 몰랐고, 2년 전 나는 내가 '혼밥'을 즐길 수 있게 될 줄은 상상도 못했고, 3년 전 나는 지금과 달리 책 읽기를 무척이나 싫어했음을 고백한다. 그림, 혼밥, 책 읽기. 관심 없거나 싫어한다고 말하고 다녔던 것들을 지금은 무척이나 사랑한다. 나란 사람을 함부로 정의하는 것이 얼마나 좁은 생각인지를 오늘도 깨닫는다.

'하면 된다'와
'할 수 있어서 한다'의 차이

싱가포르 파견 생활 중 가장 흥미로웠던 점은 단연 '싱글리시Singlish'다. 중국어, 말레이어 등 여러 언어를 공용어로 사용하기 때문에 중국어 악센트가 섞여 있거나, 말끝에 'lah' 'meh' 등 딱히 큰 의미가 있지는 않지만 빠지면 섭섭한 강조어가 붙는 영어다. '앗, 영어를 이렇게 썼던가?' 싶어 알아보면 싱가포르에서만 쓰는 싱글리시 표현들이 있다. 오늘의 주제 'can is can'도 그중 하나다.

우연히 가게에서 주인과 대화하다가 이 표현을 듣고는 그 뜻이 궁금해졌다. 며칠 후 회의에서 다시 이 말이 나오길래 친구에게 물어보니 "가능하긴 하죠" "하려면 할 수 있죠"라는 뜻으로 사용한다는 것을 알게 되었다. 흔쾌한 뉘앙스보다는 약간의 망설임이 느껴지긴 하나, 못할 건 없다 정도의 뜻으로 쓰이는 모양이었다. 한번 귀에 익으니 이 흥미로운 표현은 곳곳에서 들리기 시작했다. 특히나 많이 사용되는 곳은 주간 미팅이었는데, 과연 가능할까 의심이 드는 수많은 일들을 결국 어떻게든 해내는 팀원들을 보면서 나는 이내 'can is can'이라는 말의 힘을 굳게 믿게 되었다.

연차가 쌓이면서 불가능해 보이던 걸 가능하게 한 경험도 많아졌지만, 더불어 한계나 제약에 대한 이해도도 높아졌다. 그래서 다음에 비슷한 프로젝트에서는 자연스럽게 내가 겪었던 어려움에 대해 미리 언급하고 피하기 마련인데, 오히려 이것이 새로운 가능성을 막아 버리는 경우도 종종 있다. 고작 몇 번의 경험들로 앞으로의 모든 것을 일반화할 수 없고, 결과라는 것은 다양한 요인들의 합인지라 과정이 조금만 달라져도 완전히 새로운 결과가 도출되기도 하는데 말이다.

내가 해 봤는데 그건 어려울걸? 그렇게 지난 경험에 기반해 부정적으로 예상했지만, 새로운 접근법과 불굴의 의지로 결국엔 가능하게 해 버리는 싱가포르의 동료들을 보며 아차 싶은 순간들의 연속이었다. 동시에 시간과 경험이 쌓일수록 내가 오히려 딱딱하게 굳어져 버리는 건 아닐까 두려움이 몰려오기도 했다. 하지만 마냥 두려워하기보다는 앞으로 한 발짝이라도 나아가는 것이 생산적일 터였다. 안 되는 것 빼고는 다 된다는 동료들에게 'can is can' 정신을 많이 배웠다.

"불가능은 없다!"라는 의지 '불끈' 느낌이 아니라, "하려면 다 할 수 있다" 정도의 말랑하고도 유연한 'can is can'의 뉘앙스가 참 좋다. 지난 경험들과 시행착오는 뒤로하고, 새로운 돌파구를 찾을 수 있도록 해 주는 마법의 주문. 'can is can' 스피릿이면 새로 마주하는 일들도 두렵지 않다.

정신 승리도 승리다

며칠 전 친구로부터 유튜버 침착맨이 만든 유행어가 우리가 흔히 쓰는 "오히려 좋아!"라는 것을 아느냐는 말을 듣고, 머릿속에 종이 울렸다. 오히려 좋아. 듣기만 해도 웃음이 나는 상쾌한 표현이 아닌가!

좋지 않은 결과를 두고 '그래도 잘되었어'라고 생각하는 행위를 '정신 승리'라고 한다. 현실을 받아들이지 않고 자신을 속인다는 점에서 '정신 승리'는 조롱이나 비난의 대상이 되는 경우가 대다수지만, 생각해 보면 꼭 나쁘지만은 않다. 어떤 '정신 승리'는 힘든 마음에서 우리를 구원해 주기도 하고, 좌절감에서 꺼내 앞으로 나아가게도 하니까.

이솝 우화 《여우와 신 포도》는 여우가 아무리 팔을 뻗어도 닿지 않아 먹지 못하는 포도를 앞에 두고 '시어서 맛이 없을 것'이라며 포기하는 이야기다. 나는 여우의 쿨한 사고방식과 결단력이 부러워 이 이야기를 참 좋아한다. 세상에는 아무리 노력해도 이룰 수 없는 것들이 있는데, 세상은 노력하면 무엇이든 할 수 있다고만 한다.

과연 가망 없는 상황 앞에서 무리하며 계속 시간을 쓰거나 좌절하는 것만이 우리가 할 수 있는 일일까? "신 포도 대신 다른 걸 먹어야지"라고 말하고 포기하는 여우는 실제로 돌아가는 길에 더 맛있는 과일을 발견할지도 모르니, 어떤 면에서는 현명한 선택이라고 할 수 있지 않을까?

삶이 늘 원하는 방향대로 흘러가지는 않고, 예상치 못한 변수는 곳곳에 도사리고 있다. 그때마다 짜증 내거나 좌절하고 흔들리기만 하면 그 주변만 맴돌 뿐 더 나아갈 수 없을 것이다. 우리는 끊임없이 크고 작은 실패를 겪으며 수렁에 빠지고, 그 수렁에서 자신을 구원해야 하는 운명을 살고 있다. 마음먹은 대로 안 되었을 때, 계획대로 안 된 수많은 일 앞에서 "오히려 좋아"라고 외치고 가볍게 방향을 틀 줄 아는 유연함이 분명히 우리를 구할 수 있다고 믿는다.

코로나19 때문에 우리 일상에는 상당히 많은 제약이 걸렸다. 이전에는 할 수 있었는데 지금은 하지 못하는 일들이 셀 수 없이 많아졌고 초반에는 이에 대한 불만이 쏟아졌다. 하지만 사람들은 이 지난한 상황 속에서도 돌파구를 찾아내기 시작했다. 전염병 때문에 박탈된 것들에 초점이 맞춰졌던 시기를 지나 가만히 생각해 보니 '오히려 좋은 것들'에 대한 이야기가 피어났다. 밤늦게까지 하는 불편한 술자리 회식 대신 쾌적하고 가뿐한 점심 온라인 회식, 매일 시간을 가장 많이 보내는 공간인 집에 들이는 정성과 투자 등 다양한 삶의 변화가 들렸을 때 나는 그게 그렇게나 반가웠다. 마치 마냥 좌절하지만은 않겠다는 무언의 시위처럼 느껴져 큰 위로가 되었다.

안 되면 안 된 것대로 좋을 수도 있다는 생각은 무슨 일이 있더라도 기필코 해내겠다는 마음보다 오히려 더 건강하고 효율적인 자세인지도 모르겠다. 현실 왜곡이 아닌 자기 위로로써의 '정신 승리', 내 마음에 이로운 '정신 승리'를 적극적으로 활용하면 훨씬 더 많은 가능성을 만날 수 있을 테다. 그래서 책상에 크게 붙여 놓고 매일 오히려 좋은 일들에 대해 생각하기로 했다. "오히려 좋아!"

마음먹은 대로

안 되었을 때, 계획대로 안 된

수많은 일 앞에서 "오히려 좋아"라고

외치고 가볍게 방향을 틀 줄 아는

유연함이 분명히 우리를

구할 수 있다고 믿는다.

오늘도 다짐만 하다
잠든 당신에게

"규림 님은 의지력이 강한 것 같아서 부러워요. 저는 의지력이 약해서 뭐든 하다 말거든요." 주변에서 꽤 자주 듣는 이야기다. 사실 내가 의지력이 강한 사람인가 하면 그렇지 않아서 늘 의아했다. 그런 나를 움직이고 앞으로 나아가게 하는 요소는 무엇일까?

철저한 '재미주의자'인 내가 무언가를 할지 말지 결정하는 가장 큰 기준은 역시나 '재미'다. 재미있어 보인다면 시작하고, 하다가도 흥미가 떨어지면 쉽사리 그만둔다. 그럼 내가 무언가를 하도록 자신을 유도하려면? 간단하다. 해야 하는 일을 재미있는 놀이처럼 만들거나, 재미를 붙이고 할 수 있는 환경을 꾸며 주면 된다. 열악한 환경에서도 뛰어난 결과물을 내는 사람들도 물론 있지만, 대부분의 경우 환경이 의지력에 큰 영향을 미친다는 것은 부정할 수 없는 사실이다.

인간의 의지력에는 분명 한계가 있다. 해야 할 일을 자꾸 미루는 걸 오로지 의지력의 문제만으로 돌리면 자신과의 약속을 깰 때마다 자책하게 되며, 자신을 게으르고 의지박약한 인간이라고 여기게 된다. 자신에 대한 불신이 자꾸 쌓이면 자존감에도 타격을 입는다. 약한 의지력을 자책하는 대신 좀 더 실질적이고 효과적인 동기 부여 방법은 없을까? 마침 읽고 있던 책에서 좋은 힌트를 얻었다.

> 의지에만 매달릴 것이 아니라 환경에 변화를 줄 필요가 있다.
>
> ─《하이퍼그라피아》

약한 의지력을 강화해 주는 환경을 구축하는 것은 일을 꾸준하게 이어 가는 데 큰 도움이 된다. 일을 해낼 때마다 포도 알 스티커를 붙이거나 도장을 찍는 것, 일주일에 한 번씩 친구들과 서로의 할 일을 체크해 주는 소규모 모임 만들기, 작업이 잘되는 아지트 찾기 등 자신이 재미를 느낀다면 어떤 형태라도 좋다.

설령 주객이 전도되어 이런 잔재미 요소 때문에 몸을 움직여도 문제없다. 우선은 재미있게, 자발적으로 하고 싶게 유도하는 트리거 포인트부터 만들어 꾸준함을 유지하면 이후로의 확장은 쉽다. 고등학생 때 나는 단순히 여러 가지 색깔의 펜을 쓰는 게 좋아 필기를 시작했는데, 하다 보니 재미있어져 공부에도 흥미를 느끼게 되었다. 콩고물의 순기능 아니겠나?

책을 읽지 않아 고민이라면 재미있어 보이는 책을 여러 권 사서 눈길이 닿는 곳마다 두거나, 매일 켜고 싶은 독서용 조명, 책이 읽고 싶어지는 편안한 소파를 구매하는 것도 좋은 방법이다. 그림이 잘 그려지지 않아 고민이라면 당장이라도 그리고 싶은 욕구가 드는 멋진 스케치북을 준비하거나 매일 그림을 올리는 인스타그램 계정을 만드는 것도 좋다. 해야 하지만 강력한 동기가 없어 미루고 있는 일은 좀 더 작은 단위로 쪼개 구체화해 보자. 매일 간단하게 해치울 수 있는 작은 퀘스트를 세우거나 일을 돕는 작은 도구들을 사는 것도 도움이 된다. 일의 규모가 눈에 보일 정도로 작아지면 해야 할 것도 더욱 명확해지고 동기 부여될 가능성도 높아진다.

우리는 늘 무언가를 해야 한다는 강박에 시달린다. 해야 하지만 정작 시작은 하지 않고 차일피일 미루고만 있다면 뭔가를 미루는 습관은 물론 의지력의 문제일 수도 있으나 그전에 적절한 환경이 조성되어 있지 않아서일 수도 있다. 당장 뭐라도 하고 싶게 만드는 환경을 구축하는 것은 마음먹는 것만큼이나 중요하다. 환경에 따라 억지로 해야 할 것도 신나고 재미있게 할 수 있으니 채찍질 이전에 다양한 형태의 당근부터 마련해 보자. 자신을 다그치고 괴롭히지 않으면서도 일을 즐겁게 할 방법은 여전히 많다.

내가 선택한 것을
정답으로 만드는 힘

"신뢰하는 사람과 함께 일하는 것도 중요하지만, 그것보다 중요한 건 함께 일하는 사람을 신뢰하는 것"이란 말을 어디선가 들은 적이 있다. 내게는 꽤나 임팩트가 있었는지 한참 전에 들었는데도 이따금 생각나곤 한다. 사람뿐만 아니라 좀 더 넓게 적용해 볼 수 있을 것이다.

일단 하기로 했으면 믿는다. 언뜻 보면 '정신 승리'처럼 들릴 수도 있지만, 믿음의 힘은 생각보다 훨씬 더 강력하다. 무언가를 믿으면 함께 나아갈 수 있고, 더 높은 목표를 바라볼 수 있고, 때로는 불가능해 보이는 것도 가능하게 할 수 있다. 또 믿음은 지치는 순간에 다시 힘을 내게 하는 에너지가 되기도 하고, 한계에 이르렀을 때 도약할 수 있는 발판이 되기도 한다. 믿음이 있다는 것은 여러모로 좋다. 그런데, 무엇을 믿어야 할까?

다양성이 존중되고 그것을 표현할 수 있는 채널이 늘어나며 개개인의 목소리가 점점 커지고 있다. 하지만 그만큼 휩쓸리기도 쉬운 세상, 들어 보면 이것도 맞는 말이고 저것도 맞는 말이다. 과연 불변의 진리라는 게 있기는 할까? 어제의 정답이 오늘의 오답이고, 어제의 오답이 오늘의 정답이 되는 세상인데 말이다. 우리는 늘 정답을 찾아 헤매지만 사실 정답이라는 건 애초에 존재하지 않는 것이 아닐까. 아니면 정답이 무수히 많은 것은 또 아닐까.

이런 생각을 하던 와중에 영화 <프로메테우스>를 보다가 한 대사가 귀에 꽂혔다. 상대방이 "그걸 어떻게 알아?"라고 묻자, 주인공이 이렇게 대답한다. "모르지. 근데 내가 그냥 그렇게 믿으려고." 내게는 이 대사가 무척 현명하게 느껴졌다. 과거의 정답과 진실이 계속해서 무너지며 어떤 것을 믿어야 할지 혼란스러울 때, 내가 믿기로 한 것을 정답이라 생각하고, 그것을 정답으로 만들어 가는 것이 하나의 돌파구가 될 수도 있겠다 싶었다.

무엇을 믿을지는 결국 우리 각자의 몫이다. 내가 걷기로 한 길, 함께하기로 한 사람들, 내가 선택한 일. 이 모든 것이 잘한 선택이라고 '믿는' 것. 그리고 내가 믿기로 선택한 것을 정답으로 만들어 가는 것이 내가 할 수 있는 최선이 아닐까. 믿음이 나만의 답을 찾는 강력한 도구가 되어 줄 것이라 믿는다.

무엇을 믿을지는 결국 우리 각자의 몫이다.

내가 걷기로 한 길, 함께하기로 한 사람들,

내가 선택한 일. 이 모든 것이

잘한 선택이라고 '믿는' 것.

그리고 내가 믿기로 선택한 것을

정답으로 만들어 가는 것이

내가 할 수 있는 최선이 아닐까.

감탄과 절망의
진자 운동

멋지고 좋은 것을 유독 많이 본 한 주였다. 좋아하는 작가들의 신간이 우르르 나왔고, 늘 그렇듯 감동하며 잔뜩 밑줄을 치고, 귀퉁이가 퉁퉁해질 때까지 모서리를 접었다. 탄탄한 기획을 바탕으로 한 사업도 어깨 너머로 구경했다. 뭐든 잘하는 이들을 보며 한참을 감탄하다가 현실로 돌아오면, 나의 한계에 쉽사리 절망하기도 한다.

근사한 공간에 머무른 어느 날, 이곳을 만든 사람들이 나와 동갑이라는 사실을 알게 되었을 때, 친구는 '웃픈' 명언을 날렸다. "영감도 얻지만, 솔직히 자괴감도 든다." 그리고 이 말은 며칠 전 책에서 본 구절과 오버랩되었다.

남에 대한 감탄과 나에 대한 절망은 끝없이 계속될 것이다. 그 반복 없이는 결코 나아지지 않는다는 걸 아니까 기꺼이 괴로워하며 계속한다.

-《부지런한 사랑》

감탄과 절망을 반복하며 괴로워하고, 그를 바탕으로 앞으로 나아가는 우리. 넋 놓고 동경만 하거나 좌절감 속에 빠져 있기. 둘 중 하나만 한다면 그 결말은 현상 유지뿐일 것이다. 매력적인 것을 보며 나도 저 정도로 멋지게 하고 싶은 마음, 하지만 이내 부딪히는 나의 한계, 그 사이에서 진자 운동을 한다. 하지만 그 사이에서 성장에 대한 강한 열망이 생기고 행동하게 된다. 나를 움직이는 원동력은 때로는 질투심과 부러움이기도, 나에 대한 실망감과 열등감이기도, 감탄과 절망 사이에서 느끼는 오기이기도 하다는 것을 인정해야 한다.

영감을 받고 감탄하다가 곧이어 따라오는 스트레스와 자신에 대한 짜증 무한 루프에 가끔은 이런 생각을 한다. 굳이 느끼지 않아도 될 감정을 사서 느끼고 있는 건 아닐까? 보지 않는다면 나와 비교할 일도 없을 테니 편안할 텐데 자신을 괴롭히는 일은 아닌가? 그러나 오르기 힘든 높은 곳을 바라보는 것은 매우 중요하다. 당장 한달음에 올라갈 수 없을지언정, 멀리 바라봐야만 아주 조금씩 가까워질 수 있기 때문에.

그래서 오늘도 잘하는 사람들이 만든 좋은 것을 보며 영감과 자괴감 사이, 이상과 현실 사이, 또 감탄과 절망 사이에 선다. 그 간극에 괴로워하고 때때로 좌절감에 잠식되기도 하지만 이슬아 작가의 말마따나 그 괴로움만이 우리를 앞으로 나아가게 하는 걸 잘 안다. 그러니 나는 무한한 형벌을 향해 기꺼이 몸을 던지는 셈이라고 말할 수도 있으려나. 더 나은 사람이 되고 싶고, 더 멋진 일을 하고 싶다는 마음으로 오늘도 먼 곳을 본다. 간극은 너무나 크고, 좁힐 수 있을지도 모르겠지만 아주 조금이라도 목표에 가까워지면서 나의 성장도 이루어지기를 바라며.

감탄과 절망을 반복하며 괴로워하고,

앞으로 나아가는 우리. 그러나 오르기 힘든

높은 곳을 바라보는 것은 매우 중요하다.

당장 한달음에 올라갈 수 없을지언정,

멀리 바라봐야만 아주 조금씩

가까워질 수 있기 때문에.

삶의 피난처,
소셜 스낵

최근 '소셜 스낵social snack'이라는 단어를 접했다. 임상 심리학자 가이 윈치Guy Winch가 소개한 이 개념은 괴로울 때 힘이 되어 주는 물건이나 기억을 뜻한다. 읽으면 기분이 좋아지는 문구, 누군가에게 들은 힘이 되는 말이나 받은 메시지, 성취를 이뤘을 때 적어 둔 일기 등이 '소셜 스낵'에 해당된다. 다친 상처에 즉각적인 응급 처치를 하는 것처럼 '소셜 스낵'은 본질적인 해결책까지는 아니더라도 빠르게 상처를 다독이고 추스를 수 있게 해 준다.

이름은 다르지만 내게도 '소셜 스낵 보관함'이 있다. 스마트폰에 폴더를 만들어 평생 기억에 남을 만하거나, 기억하고 싶은 대화나 메시지, 이메일들을 캡처해 차곡차곡 쌓아 두었다. 블로그도 말하자면 나의 '소셜 스낵 보관함'이다. 작지만 무언가를 해낸 순간, 즐거웠던 감정과 기억, 하찮아도 성실히 쌓아 올린 나의 발자국들을 이곳에서 가끔 꺼내 먹는다.

그러지 않으려 노력하지만 일이 잘 안 풀릴 때 나는 자신에게 갖은 짜증을 부리거나, 질책하거나, 자기 부정을 해 버린다. 좌절 끝에 지금까지의 모든 것을 부정해 버리려는 순간, 나를 일으켜 세우는 건 이전에 해내고 인정받은 사소한 일이나 즐거웠던 기억들이다. 그러나 과거의 성취는 시간이 흐르면 금세 잊어버리고 만다. 더군다나 기억력이 썩 좋지 않은 나는 그 흔적을 남겨 두지 않으면 내가 어떤 것을 할 수 있는지도 떠올려 내지 못한 채 나의 마음에 상처를 준다.

그렇게 마음이 무력해지면 애써 모아 두었던 '소셜 스낵' 조각들까지 걷는 발걸음조차 무거워지지만 가까스로 힘을 내어 다가가 그것들을 살펴보면서 다시 깨닫곤 한다. 내가 무엇을 했고, 할 수 있는 사람인지. 내가 어떤 감정을 느낄 수 있는 사람인지. 영화 <인터스텔라>에서 미래로 간 주인공이 과거의 자신을 바라보며 속삭이는 장면처럼, 역으로 과거의 내가 '소셜 스낵'들을 통해 미래의 나에게 때로는 위로의 말을, 또 때로는 응원의 말을 속삭인다. "나는 나의 유일한 구원자"라는 말을 자주 하는데, 그러고 보면 나를 구원하는 것은 지금의 나보다 과거의 나일 때가 더 많은 것 같기도 하다.

마음이 다쳐도 언제든 돌아가 치유할 곳이 있다는 것은 얼마나 안심되고 기쁜 일인가. 앞으로도 수없이 나를 구할 '소셜 스낵'을 성실하게 모아 두는 일이 생각보다 훨씬 더 중요하다는 걸 깨닫는다. 어쩐지 힘들 때마다 '소셜 스낵'보다 키보드 앞에 더 많이 앉게 되는 나지만, 기쁘고 기억하고 싶은 조각들을 바지런히 그러모아 둬야겠다.

기쁘고 기억하고 싶은 조각들을
바지런히 그러모아 두어야겠다.

오해가
나를 성장시킨다

때때로 이런 생각을 한다. 내가 책을 읽는 이유는 찾아 헤맸던 단 하나의 문장을 만나기 위해서라고. 너무 어렴풋하고 희미해 형체조차 거의 없는 채로 머릿속을 부유하는 생각들이 있는데, 이 생각들은 적확한 문장을 만나는 순간 봉인이 해제되어 문장의 줄기를 타고 밖으로 흘러나온다. 이런 문장들은 책의 내용이나 장르와는 상관없이 전혀 예상치 못한 순간 튀어 오르기 때문에, 이것들을 잽싸게 잡아챌 펜 한 자루를 곁에 두고 바삐 읽어 나간다.

오해는 이해만큼, 아니 어쩌면 그보다 더 생산적이고 창조적일 수 있다.

-《예술과 풍경》

책에서 만난 이 문장도 그중 하나다. '생산'과 '오해.' 두 단어는 서로 상극인 것 같지만 돌이켜 생각해 보면 삶에서 무언가를 잘못 이해한 결과로 오히려 새로운 생각이 탄생하는 경우가 꽤 많다. 작가의 의도와 다르게 받아들였어도 나에게는 그 나름대로 새로운 의미가 되는 순간, 배경지식이 없어서 작품의 의미와 완전히 다르게 해석했어도 그로부터 시작되는 생각 등.

이 책에는 제니 홀저가 레오나르도 다빈치의 그림을 오해해서 미술가가 된 이야기가 나온다. 다빈치의 작품 속 여성이 작품을 그린 작가처럼 보였고, 그래서 여성인 자신도 미술가가 될 수 있을 거라고 생각했다고. 진실과는 달랐지만 누군가의 삶까지 바꾸는 생산적 오해는 어쩌면 '상상'의 다른 표현이라고도 할 수 있지 않을까.

오해誤解의 사전적 정의는 '그릇되게 해석함'이다. 그런데 때로는 멋대로 해석하는 것이 창조의 밑바탕이 된다. 종종 도슨트를 생략하고 전시를 본다. 그래서 작품을 작가의 의도와는 전혀 다르게 받아들이기도 하는데, 그 과정이 아무런 의미가 없는 건 아니다. 오히려 그 오해의 간극에서 비롯되는 생각이야말로 완전한 나만의 감상이 되기 때문이다. 작품이나 물건은 작가가 만드는 순간 한 번, 또 타인이 받아들이는 순간 또 한 번 창조되는 것이 아닐까?

소설가 신경숙은 100년 전 프랑스 외교관이 조선의 야윈 여인에 대해 쓴 한 문장을 읽고 프랑스로 건너간 궁중 무희가 주인공인 장편 소설 《리진》을 집필했다. 소설과 진실이 차이가 있을지라도 그 오해가 생산적이고 창의적인 결과로 이어졌음은 분명하다. 세상에는 사실 그대로를 이해하는 것이 무엇보다 중요할 때가 있지만, 가벼운 오해가 섞여도 충분할 때도 있다. 어차피 인간은 서로를 완벽하게 이해할 수 없기에 필연적으로 오해와 함께 살아가야 한다. 오해의 틈에서 상상력과 즐거움이 생기니 매번 정답을 찾아 헤맬 필요는 없다. 항상 정답에 자신을 끼워 맞추는 대신, 오해의 순간들을 더 즐기고 그를 통해 새로운 면을 발견하고 창조할 수 있기를 바란다.

촉촉한 영감과
젖은 수건 이론

요즘은 조금 더 촉촉한 상태가 되어야겠다고 생각한다. 뜬금없이 웬 촉촉함이냐고? 얼마 전 유튜브의 알고리즘에 이끌려 한 뷰티 채널을 보다가 귀에 꽂힌 한 문장 때문이다.

바짝 마른 화분에 물을 갑자기 부으면 화분 위의 물이 안 내려가고 고이는데, 축축하게 젖어 있는 화분 위에 물을 부으면 쑥 내려가잖아요.

– 〈관리하는 남자 아우라 M〉

젖은 피부에 마스크 팩을 해야 더 효과가 좋다는 걸 비슷한 현상에 빗댄 것뿐인데 유독 이 표현이 마음에 들어왔던 건 아무래도 요새의 고민과 맞닿아 있었기 때문이리라. (우리 집 화분이 늘 말라 있어 수분을 잘 못 받아들이는 건 덤.)

일명 '젖은 수건 이론'을 참 좋아한다. 마른 수건을 짜 봤자 물 한 방울 나올 리 없으니 우선 젖은 수건이 되어야 한다는 것. 그 이론대로 급할수록 더 딴청을 피우거나 완전히 다른 일 을 하다 돌아오곤 한다. (그러다 정말 삼천포로 자주 빠지는 게 함 정이지만.) 수건과 화분 이야기는 언뜻 서로 비슷해 보이지만 젖은 수건이 아웃풋을 잘 내기 위해서 인풋이 필요하다는 것 이라면, 젖은 화분은 인풋을 잘 받아들이기 위해서 평소의 열 린 태도가 중요하다는 것이라 서로 다르다.

사실은 무언가에 딱히 관심을 두지 않거나 별다른 생각 없 이 살아도 큰 지장은 없다. 때로는 그게 훨씬 마음 편한지도 모르겠다. 그런데 가끔 '와, 요즘 나 정말 아무 생각 없잖아?' 라고 각성하게 되는 순간이 있는데, 돌이켜 보면 그런 날에는 세상의 모든 것에 무신경해져 있다. 특별히 꽂혀 있는 것이 없 기에 뭔가에 귀 기울이거나 영감을 잡아챌 기회가 없고, 마치 내가 투명해지기라도 한 듯 모든 것이 나를 그저 통과해 버리 고 만다. 이런 상태가 익숙해지면 막상 필요할 때도 새로운 것을 받아들이기가 어려워진다. 오랜만에 쏟아진 물을 잘 흡수하지 못하는 메마른 화분처럼 말이다.

무언가에 관심을 두게 되는 계기는 보통 내 안에 그것과 이어질 만한 연결고리들이 있기 때문이다. 내 안의 경험, 관심사, 생각, 지식 등이 외부 자극과 연결될 때 그것들은 자석처럼 새로운 것을 자연스럽게 끌어당긴다. 촉촉한 상태일 때 물을 더 잘 흡수하는 것은 물끼리의 결속력과도 연관이 있을 텐데, 생각과 영감도 서로 결속력이 높은 것 같다. 끊임없이 뭔가에 관심을 두고 찾아다니고 생각할 때 더 새로운 것, 좋은 것을 쉽게 받아들일 수 있다. 일상을 촉촉하고 풍성하게 가꿔야 할 이유는 여기에 있는 게 아닐까.

이 글을 쓰다 보니 '어떤 씨앗이 들어와도 잘 발아할 수 있는 좋은 토양이 되어야겠다'라는 주제로 글을 썼던 게 떠오르는데, '젖은 화분' 상태는 아마 그것의 전초 단계가 아닐까 싶다. 아웃풋을 내기는커녕 인풋을 넣는 것조차 데면데면해진 요즘, 갑자기 들이부으면 들어가지도 않을 테니 이제라도 천천히 몇 방울씩 다시 물을 떨어뜨려야겠다. 촉촉한 땅이 될 테다!

잘 살고 싶어서
운동합니다

　　운동과는 한참 거리가 먼 삶을 살았던 내가 몇 달 전부터 필라테스를 시작했다. 지금의 체력으로는 하고 싶은 일은커녕 해야 하는 일조차 제대로 못 해낼 것 같다는 생각이 들어서였다. 선생님과의 첫 상담 시간, 운동을 시작하는 목적이 뭐냐는 질문에 "잘 살고 싶어서요"라고 답했다. 정말이었다. 집에만 오면 쓰러지듯 잠들어 버리고 마는 내 체력이 향상되면 삶의 질도 높아질 것만 같았다.

　　처음 운동을 시작할 때 전에 안 쓰던 근육들을 쓰려니 어찌나 어색하던지. 운동한 다음 날은 몸을 일으키기가 어려웠다. 며칠은 허리 운동, 며칠은 하체 운동. 선생님은 내 몸을 여러 부분으로 쪼개 집중 공략했다. 솔직히 말하면 운동하면서 계속 의문스러웠다. 나는 온몸의 체력을 올리고 싶은데, 이것만 해서 되려나? 하지만 걱정이 무색하게 몇 주가 지나자 눈에 띄게 내 몸의 에너지 레벨이 올라간 것을 느낄 수 있었다. 어라, 나는 분명 신체 부위를 잘게 쪼개 운동했을 뿐인데 얼떨결에 건강해져 버렸네. 나중에 선생님께 신기하다고 이야기하니 돌아오는 말. "그럼요, 규림 님. 체력을 올리는 데는 생각보다 복합적인 힘이 필요하답니다."

체력을 높여 건강해지고 싶었던 것처럼, 삶의 기초 체력을 키워 일상을 탄탄하게 하고 싶다는 바람을 항상 갖고 있다. 이건 대체 어디서부터 어떻게 시작할지 막막하지만, 운동을 하면서 얻은 힌트는 삶을 작은 단위로 잘게 쪼개 거기서부터 작게 시작해 보면 된다는 것이다. 큰 변화가 아니더라도 내가 기를 수 있는 아주 작은 근육부터 조금씩 만들어 나가면 되는게 아닐까. 이런 생각에 이르자 '잘 살고 싶다'라는 커다란 목표를 좀 더 잘게 쪼개고 싶어졌다. 내가 생각하는 '잘 산다는 것'은 어떤 모습인지, 무엇을 더 잘해 내고 싶은지, 그를 위해 내가 길러야 힘은 무엇인지.

가장 먼저 떠오르는 것은 역시 '균형력'이다. 해야 할 것들과 하고 싶은 것들의 균형을 잘 맞춰서 풍성하게 삶을 가꾸고 싶지만, 현실은 항상 욕심에 눈이 멀어 재미있어 보이는 걸 이것저것 수락했다가 결국 아무것도 제대로 해내지 못하거나 지쳐 버릴 때가 많다. 그래서 요즘에는 거절하는 것에도 익숙해지려 노력하고 있다. 예전에는 모든 게 기회비용으로 느껴져 뭔가를 거절하기가 마냥 미안하고 아까웠는데, 그 아쉬운 마음을 내가 정말 잘해 내고 싶고 중요하다고 생각하는 데에 더 집중하는 것이 낫겠다고 생각했기 때문이다. 내가 손에 쥐고 있는 것부터 소중히 여기는 법과, 거절이라는 반복 운동을 통해 삶의 균형을 천천히 키워 가고 있다.

둘째는 '수다력'이다. 수다도 힘이라고 할 수 있나 싶지만 정말로 그렇다고 생각한다. 특히 작은 아이디어에서 출발해 눈에 보이고 손에 만져지는 무언가를 만드는 일을 하는 나로서는 수다가 곧 영감의 원천이자 일의 방식이다. 사람에 대한 호기심이 크지 않은 것이 기획자로서는 늘 콤플렉스라고 생각하지만, 그래도 틈이 날 때 친구나 동료들에게 굳이 한번 말을 더 붙이거나 질문을 던진다. 유연하고 말랑한 분위기에서 이야기하다 보면 늘 나만의 생각을 넘어 다양한 생각들을 마주할 수 있기 때문이다. 나라는 알을 깨고 나오려면 수다 떠는 힘은 꼭 필요하다.

셋째는 '내 안을 살피는 능력'이다. 이것이야말로 쉬운 게 아닌가 하지만 세상 밖의 수많은 것에 고개가 돌아가기 일쑤인 요즘 반드시 필요한 힘이라고 생각한다. 타인의 의견에 관심을 두는 것만큼, 아니 사실은 그 이상으로 귀 기울여야 할 것은 내면의 목소리인데, 나는 그걸 종종 잊고 산다. 그래서 주말이면 특별한 일이 있지 않을 때는 몇 시간동안 와이파이를 끄고 생활한다. 누구도 아닌 나의 고유한 목소리를 듣기 위해, 그래서 남이 아닌 내가 정말 원하는 삶에 좀 더 가까워지기 위해서다. 일부러 시간을 내고 노력해야만 조금씩 기를 수 있는 힘이다.

어제보다 조금 더 나은 삶을 살고 싶다. 내가 생각하는 더 나은 삶에 필요한 힘을 나열해 보면 상당히 많다. 여전히 내게 아직 다져지지 않은 근육이 수두룩하지만 그래도 저녁마다 운동하듯 평상시에 조금씩 단련해 두면, 나중에는 이 근육들이 힘들어 하는 나를 구원하고, 또 내 삶을 지탱해 주는 든든한 코어core 근육이 되리라는 믿음으로 오늘도 작은 운동을 계속한다.

Step 2.

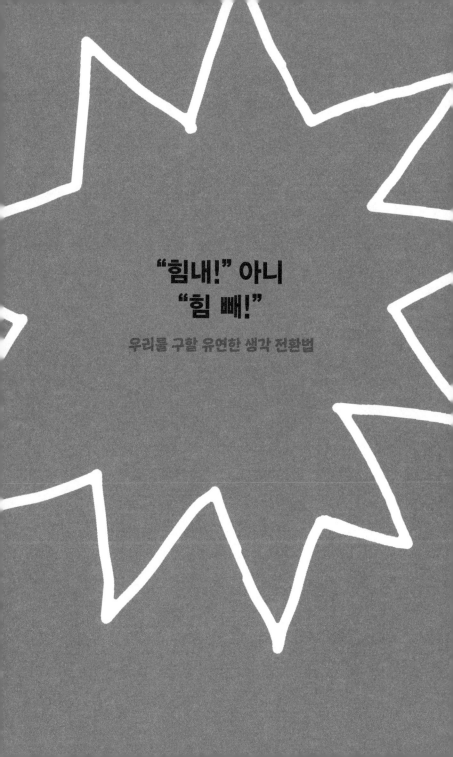

"힘내!" 아니
"힘 빼!"

우리를 구할 유연한 생각 전환법

이번에는 여기까지!

살면서 들은 가장 큰 응원의 말이 무엇이었나 떠올려 보면 재미있게도 "힘내!"가 아니라 "힘들면 그만해"였다. 참 아이러니하다. 그토록 마음이 어려웠던 시기에 정작 내가 듣고 싶었던 말은 그만두어도 된다는 말이었는데, 나를 아끼고 격려하는 사람들은 오히려 힘을 내라고 외치고 있었으니 말이다.

한국인은 힘내라는 말을 참 좋아한다. 일상에서 얼마나 흔하게 쓰는지 힘내라는 뜻의 콩글리시 '파이팅fighting'은 위키피디아에도 올라가 있고, 케이팝을 듣는 외국 팬들도 즐겨 쓸 정도다. 아무래도 온 국민이 마음을 합쳐 힘을 내 다 함께 앞으로 나아가야 할 경제 성장기에 자주 쓰던 표현이 그대로 남아 있는 것이 아닐까. 끓어넘치는 열정과 '파이팅 정신'이 동력이 되어 우리가 가닿을 거라고 생각하지 못했던 곳까지 데려다주기도 했지만, 멈춤이 패배로 인식되기 시작하면서 이 사회 전체가 영문도 모른 채 끊임없이 힘내어 달려야만 하는 무한 궤도가 되어 버린 것 같다.

그렇게 간절히 원했던 "너무 힘들면 그만해도 되는 거 알지?"라는 말을 들은 후 나를 몇 달 째 짓누르던 일을 그만두었고, 그 결과 나는 상상도 못할 정도로 행복해졌다. 행복이라는 단어가 나와 너무 먼 것 같아 들을 때마다 아리던 마음은 언제 그랬냐는 듯 금세 치유되었다. 아직도 그때 썼던 일기들을 보면 내가 선택한 길이라며 맞지도 않는 일을 꾸역꾸역 해내면서 괴로워하던 내가 한없이 안쓰럽다. 영화 <백 투 더 퓨처>에서 미래에서 온 주인공이 과거의 자신에게 메시지를 남기는 것처럼 그때의 나에게 딱 한 문장만 전할 수 있다면 이 말을 꼭 해 주고 싶다. "그만해도 돼."

그때의 나처럼 깊은 수렁에 빠져 허우적대고 있는 사람에게도 말해 주고 싶다. 시간이 부족해서, 혹은 지금이 아니면 안 된다는 생각에 자신을 갈아 넣으며 괴로워하고 있다면, 나라는 사람의 감정과 에너지도 한정되어 있다는 당연한 사실을 떠올리길 바란다고. 쉼 없이 계속 달리기만 하다 보면 전구의 퓨즈가 끊어지듯 마음 한 곳이 고장 나 달리기는 고사하고 걷기조차 어려워질 수 있다. 숨이 차오를 때는 잠깐 멈춰 한숨 크게 들이마시고 내쉬다 보면 어디로 나아가야 할지 더 명확하게 보인다. 내가 정말 이 길의 끝에 도착하는 것을 원하는지, 걷다 보니 잘못 든 길이었던 건지는 멈춰서 잠시 생각해 봐야만 알 수 있다.

어떻게 그렇게 매일 기록하냐는 질문을 종종 받는데, 사실은 과거에 썼던 것을 시간이 지나고 자주 올리는 것일 뿐 매일은커녕 일주일 내내 일기를 쓰지 않을 때도 많다. 초등학생 때 매일 숙제였던 일기는 괴로웠지만 성인이 된 지금 쓰는 일기는 오롯이 나를 위한 것이기 때문에 그렇게 건너뛰어도 마음 편하다. 아무것도 쓰고 싶지 않을 때, 뭔가를 쓸 만큼의 상태가 되지 않는데도 글을 써야 한다면 글쓰기는 더 이상 나를 위한 행위가 아니다. 몸과 마음이 지쳤을 때조차 '아, 오늘도 써야 하는데' 하고 스스로 다그치다가 이내 무너져 내렸던 날들이 떠오른다.

오래 잘하려면 중요한 건 무작정 힘을 내는 게 아니라, 쉬면서 정비할 시간이라는 걸 이제는 알기에, 더 나은 내일을 위해서 오늘은 잠시 쉬기로 한다. 기억하자, 세상에는 "아자아자, 파이팅"보다 "이번에는 여기까지!"가 더 큰 위로가 될 때도 있다는 사실을. 그때 나를 구원했던 한마디가 또 다른 누군가에게 가닿기를 바란다.

갱신과 변화

약 7년을 산 집을 정리하면서 켜켜이 쌓여 있던 수많은 과거의 나와 마주했다. 서랍 구석에서는 수년, 수개월 전의 취향들이 쏟아져 나왔고, 언제 마지막으로 썼는지 기억조차 나지 않는 노트를 펼쳐 드니 과거에 했던 고민과 생각들이 튀어 오르기도 했다. '아니, 이런 생각을 했단 말인가?' 하고 내가 봐도 신기할 정도로 이상하거나 기발한 생각이 있는가 하면, 당시에는 푹 빠져 있었지만 지금은 더 이상 동의할 수 없는 생각들도 있었다. 분명히 많은 것이 달라져 있었다.

특히 집 구석구석 붙여 놓은 문장들을 떼며 여러 가지 생각을 했는데, 그중 재미있었던 건 좌우명 급으로 동감하며 창문에 붙여 두었던 "누군가의 꿈이 되는 삶을 살자"라는 문장이었다. 그런데 이제는 그 문장에 더 이상 동의하기가 어렵다는 게 놀라웠다. 타인의 꿈이 되는 것도 물론 보람 있는 일이지만, 그것을 최종 목표로 하는 것은 방점을 내 안이 아닌 바깥에 찍는 일이기에, 나는 나 자신의 꿈을 이루는 삶을 살면 되는 것이 아닐까 하는 생각이 든 것이다. 몇 년째 매일 보던 문장에 대한 생각이 달라질 수도 있다니, 이 세상에 영원한 것은 없구나.

나로 말할 것 같으면 삶의 안정감과 안락함을 상당히 중요시하는 사람이다. 하지만 관성에 몸을 맡기고 살다 보면 으레 그렇듯, 최근 들어 일상이 심각하게 정체되어 있다고 느끼는 게 고민이었다. 그런데 이게 웬걸. 늘 비슷한 곳에서만 맴돌며 멈춰 있다고 느낀 나의 관심사와 고민들을 다시 들여다보니, 창문에 붙어 있던 문장에 대한 나의 생각처럼 내가 미처 인지하지 못하는 틈에 나는 조금씩 변해 온 것이 아닌가. 이 사실을 깨닫자 나를 짓누르던 정체 모를 부담감으로부터 자유로워진 느낌과 함께 안도감이 몰려왔다.

나는 안정을 좇으면서도 아이러니하게 계속 자기 갱신에 대한 책임감과 압박감을 느낀다. 과거의 자신을 파격적으로

부정하면서 앞으로 나아가는 사람들에 대한 동경과, 멈춰 있다가는 도태되기 십상이라는 불안함 사이 어딘가에, 과감히 나아가지도, 그렇다고 편히 쉬지도 못한 채 엉거주춤하게 서 있는 내가 있다.

자기 갱신에 대한 부담이 다시 고개를 들 무렵, 때마침 만난 과거의 생각들, 그리고 과거와 달라진 나 자신. 작정하고 변화를 도모하지는 않았으나 나는 분명히 바뀌었고, 이것이 '갱신更新'보다는 문자 그대로 '변화變化'에 더 가깝다는 걸 깨닫는 데는 그리 오랜 시간이 걸리지 않았다.

'갱신'이 적극적으로 자발성을 가지고 스스로 업데이트하는 일에 가깝다면, '변화'는 대부분 내가 인지하지 못하는 새에 새로운 나로 달라지는 것이다. 의도하든 의도하지 않든, 사람과 생각은 변한다고 생각하니 굳이 억지로 새로워지려 노력할 필요도 없겠다 싶다. 내가 무척이나 좋아하는 아이유는 이런 명언을 남겼다. "우리가 포켓몬도 아닌데 계속 진화할 수는 없잖아요." 이 말처럼 매분 매초 자기 성장이나 갱신에 목매달 필요는 없고, 가끔은 그저 물 흐르듯 자연스러운 변화에 몸을 맡기는 것도 괜찮은 것 아닐까.

적어도 내가 무언가를 끊임없이 생각하고 경험하며 살아

가는 이상 나는 계속해서 변할 것이다. 그러니 매일 새로워져야 한다는 압박 속에 허우적거리기보다는 지금까지 그래왔듯 그저 내가 할 수 있는 것, 하고 싶은 것을 계속하는 과정을 반복하면 충분하지 않을까. 그 과정에 변화가 있고, 또 그 끝에 갱신이 기다리고 있는 건지도 모르겠다. 이상으로 많이 변한 것과 그다지 변하지 않은 것들 사이에서 한참 동안 한 생각!

'변화'는 대부분 내가 인지하지 못하는 새에

새로운 나로 달라지는 것이다.

매일 새로워져야 한다는 압박 속에

허우적거리기보다는 지금까지 그래왔듯

그저 내가 할 수 있는 것, 하고 싶은 것을

계속하는 과정을 반복하면

충분하지 않을까.

"그런가 보다" 합시다

─────────────────────

좋아하는 '짤'이 하나 있다. 누군가 익명으로 "요리 즐겨 하는 남자 어때? 수비드 즐겨 하고 그 외로는 파스타나 갈비찜, 달걀말이, 달걀찜, 찌개류는 기본"이라고 쓴 글에 어떤 이가 이렇게 짧은 댓글을 남긴 것이다. "즐겨 하나 보다 싶음." 여기에 웃음 포인트는 질문 의도와 다른 댓글의 무심함일 텐데, 나는 이걸 처음 봤을 때 오래 구하던 정답을 찾은 것처럼 머리에 숨통이 트이는 느낌이었다.

질문자의 예상 댓글은 아마 이런 것이었을 테다. "요리를 즐겨 하니 온화한 성격일 것 같아"라든지, "요리를 즐겨 하니 가정적인 사람일 것 같아서 좋다"라든지. 하지만 현실은 이

댓글과 크게 다르지 않다. "즐겨 하나 보다" 정도로 사실 자체를 단순하게 받아들이는 경우가 많다는 것. (댓글에 눌린 폭발적인 '좋아요' 수로 이 생각에 대다수 동의한다고 추정할 수 있다.)

우리는 종종 현상 뒤에 숨은 의도나 의미를 파악하려고 애쓴다. '그 사람이 왜 그런 말을 했을까?' '어떤 의미로 나한테 이걸 준 걸까?' '그런 생각을 하는 그 사람은 이런 사람이 아닐까?' 등. 물론 사전에 철저히 계산하고 말에 심오한 뜻을 담는 사람도 있겠지만, 많은 경우 우리는 그저 그때그때 떠오르는 것 그대로를 말할 뿐이다. 상황이 복잡해지는 건 말이 듣는 이에게 확대 해석될 때다. 이 과정에서 말은 의도와는 다르게 전이되기도 하고, 애초에 없었던 의도가 생기기도 한다. 예전에 시詩 화자의 의도를 파악하는 수능 국어 문제를 원작자가 틀렸다는 웃지 못할 기사를 본 적이 있다. 어차피 당사자가 아니고서야 그 의도를 정확히 파악하는 것은 불가능하다. 그렇다면 때로는 담백하게 사실이나 현상 그대로를 받아들이는 게 피차 편하지 않을까.

최근 온라인에서 접한 온갖 소식들 때문에 극도로 피로했다. 사실인지 아닌지 진상 규명되지 않은 추측성 정보와 '카더라' 통신이 판쳤고, 누군가의 크고 작은 과거 혹은 결함 등은 그들의 모든 인생과 가치관을 평가하는 척도가 되었다. "이런 발언을 했으니 그 사람은 이런 사람이다" "이런 과거를 가진 사람은 이렇게 위험한 사람이다" 등 도마 위에서 난도질당하는 여러 사람의 모습을 보면서, 우리 조금만 심플하게 접근하면 안 되나 하는 생각을 내내 했다.

실수는 실수 그 자체, 결함은 결함 그 자체로만 바라보고 그에 대한 책임과 대가를 치르면 될 텐데, 이것이 다른 영역으로까지 지나치게 확대되는 모습을 보는 것이 영 불편했다. 이런 식의 해석은 누구나 언제든 할 수 있는 실수 하나로 인생을 회생 불가능하게 해 버리는 숨 막히는 덫이라고 생각한다.

나 또한 AI가 아닌지라 늘 객관적이기 어렵다. 내 멋대로 주관을 섞기도 하고, 내 경험을 바탕으로 다르게 해석하기도 한다. 하지만 최대한 확대 해석하지 않고 있는 그대로만 받아들이기, 심플하게 생각하기를 훈련하고 있다. 우선 나부터 숨은 의도는 최대한 배제하고 겉과 속이 같은 표현을 해야겠다고 생각한다. 머리 아픈 해석 따위는 하고 싶지도 않고 불필요한 에너지만 들 뿐이다. 차라리 몇몇 숨겨진 의도는 놓치는 한이 있더라도, 조금 눈치 없고 무심한 사람이 되고 싶다. 그 어느 때보다 담백한 사고방식이 절실한 요즘이다.

꼬아 듣지 않는 연습

얼마 전 시외버스 터미널에서 버스 기사님들의 대화를 우연히 듣게 되었다. "이게 뭐야?" "손님이 준 음료수. 손님들이 자꾸 뭘 줘. 불쌍해 보이나 봐, 일하는 게." 찰나였지만 마음이 많이 아팠다. 그 말씀을 하신 기사님이 그저 표현이 거칠거나 서툰 분이길 진심으로 바랐다.

과연 손님들은 정말 기사님을 불쌍히 여겨서 음료수를 건넸을까? 높은 확률로 아니라고 생각한다. 아마도 장시간 운전을 해 주셔서 감사한 마음이나, 그냥 따뜻한 음료를 기사님께 드리고 싶다는 마음이었을 것이다. 누군가의 호의를 '불쌍하게 보여서 준다'로 해석하는 것이 기사님이 자신을 바라보는 마음처럼 느껴졌기에 그것이 그의 진심이 아니기를 바랐다.

그러고 보면 무언가를 받는 마음은 늘 내 생각과 상태를 투영한다. 내 속이 시끄럽고 힘들 때는 누군가의 위로나 조언도 비뚤게 들리곤 한다. '네가 뭘 안다고, 상황을 잘 알지도 못하면서' 하며 모난 태도로 상대방에게 상처를 남기곤 후회하기도 한다. 누군가 내게 마음을 써 주는 일에 오롯이 고마워하지 못하고 떨떠름하게 느낄 때면 내 마음이 건강하지 못하다는 신호로 받아들이고 자신을 살펴보곤 한다. '받는 마음'에는 내 속마음이 그대로 비치기 때문이다.

타인이 베푼 호의를 기꺼이 받고 진심으로 고맙게 여기는 것도 결국은 내 마음이 건강해야 가능한 일이라고 생각한다. 마음의 중심을 잃으면 무언가를 받고 나서도 속에서 이런저런 생각이 피어오른다. '저 사람은 이걸 무슨 의미로 준 거지?' '나에게 뭔가를 바라는 건 아닌가?' 고마워하는 것만으로도 충분한 일에 굳이 복잡한 의미를 부여하고, 그 과정에서 누군가의 선의를 음모나 악의로 왜곡하기도 한다. 들일 필요가 없는 시간과 에너지를 낭비하는 일이다.

우리는 종종 상대방이 별생각 없이 한 말의 의중을 파악하려 애쓰고, 존재하지도 않는 저의를 찾아내려 한다. 무언가를 받는 마음은 좀 단순해도 되지 않을까. 누군가 내게 베푼 친절을 즐거운 마음으로 받고 한껏 고마워할 수 있는 사람이 되고 싶기에, 잘 주기 이전에 잘 받을 줄 아는 내가 되어야겠다고 생각한다. 내가 받는 호의를 해석하고 이런저런 의문과 생각을 덧붙이기보다는, 현상 그대로를 담백하게 받아들이고 "정말 고맙습니다!"라고 더 많이 말하는 내가 되기를.

칼같은 말,
품같은 말

나중에 되삼키려 애쓰지 말고, 그 순간 꿀꺽 말을 먹어
버려라.

- 프랭클린 루스벨트

영화 <찬실이는 복도 많지> GV에서 들은 김초희 감독의
이야기다. 그의 작품 스타일은 꽤 독특한데, 여기에 지대한 영
향을 준 것은 고등학교 때 친구의 한마디였다. 당시 소설가를
꿈꾸고 있던 그는 자신이 쓴 소설을 친구에게 보여 줬는데, 그
친구는 "좋긴 한데, 어디서 본 것 같은데?"라고 말했다. 김초
희 감독은 그 말에 너무 충격을 받아 곧장 그 꿈을 접었다고

한다. 그래서 독특한 걸 넘어 조금 이상할지언정 반드시 자신을 통과해 나온 그만의 언어로 표현하겠다는 생각으로 작업한다고 했다. 지금까지도 뚜렷한 자신의 오리지널리티에 대한 강박은 이 강렬한 기억으로부터 기인했다고.

당시에는 그에게 충격을 주었지만 어쨌든 결과적으로 좋은 영향이 되었으니 괜찮은 게 아닌가 말할 수 있을 테지만, 나는 이 이야기를 들었을 때 아찔하고 섬뜩했다. 그 친구는 자신의 한마디가 누군가의 인생에 이 정도로 영향을 미쳤을지 꿈에도 모를 것이다. 아마 자신이 그런 말을 했다는 사실조차 기억하지 못할 가능성이 크다. 그가 잘못한 것이냐 하면 그것도 아니요, 상처를 주려고 작정하고 말한 것은 더더욱 아닐 것이다. 그저 솔직한 감상을 지나가는 말로 했을 뿐이지만 그 말은 그림자가 되어 한 사람의 인생을 따라다닌다.

우리는 쉽게 말한다. 그중 어떤 말들은 누군가의 삶을 평생 따라다닌다는 생각은 당연히도 하지 못한 채 매일 수많은 말을 하며 살아간다. 김초희 감독의 이야기를 듣고 나니 나 또한 누군가 오랫동안 고민한 결과물이나 생각에 너무 가볍게 말했던 것은 아닌지 돌아보게 된다. 타인이 한 고민의 시간과 노력은 고려하지 않은 채 날카로운 말로 누군가의 마음을 찔

렀던 건 아닌지, 평생 누군가에게 잊을 수 없는 상처가 되는 말을 하지는 않았는지. 알 길은 없지만 왠지 많을 것 같다.

내 삶을 따라다니는 말들을 떠올려 본다. 칼처럼 날카로운 말도 있었고 품처럼 따뜻한 말도 있었다. 따스한 말 덕분에 꿈을 품기도 했고, 뾰족한 말 때문에 꿈을 접기도 했다. 얼마 전 내가 인터뷰했던 한 사장님이 사업을 시작한 계기도 친구의 말 한마디였다고 한다. "맛있다. 팔아 봐도 되겠어!" 이 역시 지나가는 말이거나 인사치레였을 수도 있지만, 그 말은 사장님에게 큰 용기와 위로가 되었을 것이고 역시나 한 사람의 인생에 결정적인 영향을 미쳤다. 사장님의 이야기를 듣고 나서는 아무래도 지나가는 말이라도 응원이 되는, 둥근 말을 하는 사람이 되어야겠다고 생각했다.

무심코 던진 한마디가 좋은 쪽으로든 나쁜 쪽으로든 누군가의 삶을 평생 따라다닐 수도 있다는 이야기. 그 책임감에 어쩐지 입이 무거워진다. 올해는 칼같은 말보다는 품처럼 안아 주는 말을 더 많이 하는 내가 되기를, 상처 주고 후회할 말은 애초에 아끼는 내가 되기를 바란다. 쉽지는 않겠지만.

다른 사람의
신발을 신다

사랑하기 위해서 더 요란하게 서로를 경험할 수 있어야
한다.

-《태도가 작품이 될 때》

'In someone's shoes.' 직역하면 '누군가의 신발을 신어 보다.'
의역하면 '다른 사람의 입장이 되어 보다'라는 의미로 쓰이는
영어 숙어 표현이다. 얼마 전 우연히 인테리어 관련 책을 펼쳤
다가 재미있는 이야기를 접했다. 작가에게 친구들이 종종 카
페 창업을 위해 인테리어를 도와 달라며 찾아온다고 한다. 그
럼 작가는 친구들에게 우선은 카페에서 한 달을 일하고 오라

고 대답한다. 손님으로 한두 시간 머무르는 카페와 오픈부터 마감까지 노동자로 임하는 카페는 당연히 다를 수밖에 없는데, 그 낙차의 충격을 미연에 방지하기 위함이란다. 좀 극단적이긴 해도 현명한 조언이라고 생각했다. 직접 해 보지 않고서는 현실을 알 수 없으니까.

우리는 때로 서로의 삶을 동경하거나 쉽게 생각한다. 그도 그럴 것이 우리가 경험하지 않고서야 타인의 삶은 어깨너머로 일부만 볼 수 있을 뿐이고, 나머지 부분에 대해서는 우리가 본 파편들로 막연하게 추측하거나 전체를 고려하지 못하기 때문이다. 당연하다. 우리 각자의 인생도 그렇게 간단한 게 아니지 않나. 그들의 신발을 직접 신어 봐야만 조금이라도 더 이해할 수 있다. 어떤 점이 편하고 어떤 점이 불편한지, 무게는 얼마나 되는지, 얼마나 멀리 뛰거나 걸을 수 있는지, 왜 그 사람들은 그렇게 걸었는지.

나는 새로운 기술을 배워 보는 것을 좋아한다. 배우면서 가장 좋은 건 기술 습득 자체보다도 잠시나마 그 생태계가 어떻게 굴러가는지를 경험해 볼 수 있다는 점이다. 목공을 배우면 목수의 작업 과정을, 재봉을 배우면 봉제 프로세스를, 출판을 배우면 출판 시스템을 체험할 수 있다. 얕게나마 발을 담가

볼 뿐이지만 매번 숙연해진다. 그간 별생각 없이 지나쳤거나 당연하게 여겼던 것들이 얼마나 많은 과정과 노력으로 만들어졌는지 눈으로 보거나 직접 체험하고 나면 결코 이전처럼 대할 수 없게 된다. 값을 깎아 달라는 말도 더 이상 안 나오는 건 덤이다. 무식해 보여도 그 일에 대해 배우는 가장 빠른 길은 역시 조금이라도 직접 경험하는 것이다.

얼마 전에는 반려견과 함께 나온 지인을 만났다. 늘 다니던 카페에 가려는데 반려동물이 동반 가능한지 확인해 봐야 한다면서, 그 카페에 전화했다. 그러고는 곧 곤란하다는 대답을 받았다. 결국 지인이 직접 나서 여러 군데에 물어보고 퇴짜 맞고를 반복한 후에야 반려동물 동반이 가능한 카페를 만날 수 있었다. 반나절을 함께 돌아다니면서 이전에는 생각해 볼 기회가 없었던 반려인들의 생활을 체험할 수 있었다.

비단 반려인만의 이야기이겠는가. 유아를 동반한 부모는 어떨까, 임신부는 어떨까, 몸이 불편한 사람들은 또 어떻겠는가. 며칠 전 간 카페에는 문 앞에 '차별 없는 가게'라고 문구가 붙어 있었고, 휠체어가 올라갈 수 있도록 경사 턱이 마련되어 있었다. 또 어떤 가게에는 시각 장애인을 위한 점자 메뉴판이 준비되어 있었다. 우리가 당연하다고 여겼던 삶의 많은 부분

중 다른 사람의 신발을 신으면 당연하지 않은 것들이 얼마나 많을지. 요새는 '아차!'의 연속이다.

세상은 참 넓은데 나의 시야와 내가 사는 곳은 너무나 좁다. 부지런히 다른 이들의 신발들을 신어 보며 이해할 수 없던 영역, 쉽게 봤던 부분들을 조금씩이나마 더 이해하고 배려할 수 있길 바란다.

흩어진 나를
모으는 시간

싱가포르에 파견을 온 지 딱 일주일째였다. 낯은 많이 가려도 적응력은 꽤 좋다고 생각하는 내게 그 믿음처럼 두 가지 작은 운이 따랐다. 첫째, 도착하자마자 주말과 설날 연휴가 끼어서 새 도시를 힘껏 껴안아 인사할 여유가 있었다는 것, 둘째, 시답잖은 수다를 몇 시간씩 나눌 수 있는 친구를 만났다는 것. 긴 연휴의 마지막 날, 그 친구가 내게 던진 한마디가 있었다. "But tomorrow you need sometime to collect yourself, right? 그런데 너 내일은 자신을 추스를 시간이 필요하잖아, 그렇지?"

해외에 살면서 좋은 점 중 하나는 평소에 좀처럼 들을 일이 없는 생경한 표현을 왕왕 접할 수 있다는 점일 테다. 처음 듣는 'collect myself'라는 표현이 문득 귀에 꽂혔다. 집에 온 이후에도 한참 생각했다. 사전적으로는 '마음을 추스르다, 진정하다'로 쓰이는데, 'collect'가 들어간 덕분에 말 그대로 어딘가 흩뿌려져 있던 나를 주섬주섬 담아 넣는 모습이 머릿속에 자연스럽게 그려졌다. 아, 이것 참 좋은 표현이다.

주말 중 하루는 약속을 잡지 않는다. 벌써 꽤 오랫동안 내가 암묵적으로 지키는 원칙이다. 나가서 멋진 걸 보고 친구들에게 재미있는 이야기를 듣는 것도 좋아하지만, 동시에 외부 환경에 노출되자마자 기가 빨려 버리는 나는 늘 자신을 충전할 시간이 필요하다. 여기저기 파편처럼 흩어진 생각과 마음을 혼자 차분하게 살펴보고 주워 담는 시간. 겉으로는 별것 안 하는 것처럼 보여도 사실은 가장 생산적이고 꼭 필요한 시간이다. 새로운 표현을 통해 나를 한 번 더 톺아보니, 결국 나 자신을 만드는 것은 이런 순간들의 합이 아닐까 싶다.

비록 만난 지는 얼마 안 되었지만, 내가 내향형이라는 말을 듣고는 나만의 시간을 존중해 주는 그의 작은 배려에 고마워졌다. 덕분에 푹 쉬면서 흩어졌던 정신과 마음 근육을 다시 단단하게 하는 건강한 시간을 보냈다. 바쁠수록 나 자신과 내 마음을 스스로 잘 챙기는 나날을 차근차근 만들어야겠다.

collecting myself ♩ ♪

내 인생의 차집합들

───────────────

한 사람의 인생을 한 개의 집합이라고 하면, 세상이라는 벤 다이어그램은 수많은 집합으로 이루어져 있을 것이다. 사람들은 각자의 삶을 살다가 교집합에서 서로를 만난다. 그리고 교집합 이외의 영역, 차집합에 대한 궁금증은 상대방에 대한 관심으로 이어지기도 한다. 차집합은 서로 공유하지 않은 영역이니 막연하게나마 추측해 볼 수는 있을 테지만 정확히 알 수 없다. 차집합의 영역이 크다는 건 그만큼 자신의 활동 반경과 생활 영역이 넓고 다채로운 사람이라고 할 수 있지 않을까. 그래서 우리가 까도 까도 계속 이야기가 나오는 양파 같은 사람에게 더 쉽게 끌리는지도 모를 일이다.

쉽게 빗대면 교집합은 보편적인 일상생활, 차집합은 나만 아는 사생활이라고 할 수 있겠다. 교집합을 통해 만난 사람의 차집합을 알게 되면 그 사람을 이해하기가 좀 더 쉬워지기도 하고, 그로부터 더 많은 교집합을 끌어낼 수도 있다. 나의 친구들, 동료들, 가족들이 자신의 차집합을 넓혀 나가길 바라는 이유는 여기에 있다. 차집합이 늘어난다는 건 온전히 집중할 수 있는 자신만의 삶이 생긴다는 의미이기도 한 동시에 필요할 때 서로 언제든 넘나들 수 있는 범위가 늘어난다는 뜻이기도 할 테니까.

내가 삶에서 정말 중요하게 생각하는 부분은 '차집합'이다. 나의 삶은 차집합을 늘리기 위한 부단한 분투라고도 말할 수 있다. 오로지 자신만의 삶, 차집합이 나에게 그토록 중요한 이유는 무엇이며 나는 왜 늘 차집합을 늘리려 안달일까. 어려서부터 누군가와 겹치는 걸 극도로 싫어했다. 실은 지금도 대체로 그렇다. 같은 반 친구가 똑같은 옷이나 물건을 가지고 있다는 걸 알게 되면 더 이상 입거나 쓰지 않았고, 어떤 사람과 느낌이 비슷하다는 말을 들으면 두드러기가 나는 것 같았다. 그러나 외계인이나 산에 혼자서 사는 사람이 아닌 이상 누군가와 겹치지 않기란 불가능에 가깝다. 세상에는 같은 직업을 가지고 있는 사람도, 비슷한 프로필을 가지고 있는 사람도 너무 나 많기 때문이다.

그러나 그 집단의 어떤 특성에 의해 내가 정의되는 것만큼 은 정말이지 피하고 싶다. 개성과 고유성에 대한 열망이 강한 나로서는, 나라는 사람이 쉽사리 간파되거나 뭉뚱그려 지레 짐작되는 것이 싫었다. 그러니 집단적 특성은 그렇다손 쳐도, 그를 제외한 나머지 면에서만큼은 나만의 풍성함을 갖추려고 내내 노력해 왔다. 때때로 타인에게 나를 과도하게 많이 공유 해 그가 나를 쉽게 파악할 수 있는 부분이 많아지면 나의 고 유한 영역이 작아지는 기분이 들어 불안감이 엄습하기도 한 다. 따지고 보면 나를 많이 공유할수록 타인이 나를 잘 간파하 는 것도 아니다. 그런데 이걸 알아도 불안감이 사라지지는 않 는다. 가끔은 스스로 피곤하게도 산다 싶다.

나는 거의 매일 SNS에 삶을 자발적으로 공유한다. 나의 고 유성을 타인에게 보이기 위한 욕망의 결과물이기도 하지만, 아이러니하게도 가장 나다운 모습은 차집합에서 찾는다. 다 시 말해 누군가에게 굳이 자랑하거나 보여주지 않지만 나만 아는 나의 삶. 그 누구도 볼 수 없는 나만의 비밀 일기 같은 영 역. 그 차집합이 충분할 때 삶의 안정감을 느낀다. 때로는 수

많은 것들을 공유하고 싶지만 그 이후에 다시 찾아들 불안감을 생각해 이내 균형을 다시 잡는다.

투명성이 중요한 기준으로 자리 잡는 세상이라지만 나는 굳이 말하자면 투명한 사람보다는 반투명 혹은 불투명한 사람이 되고 싶다. 많은 걸 공유해도 여전히 더 많은 것을 비밀스럽게 가지고 있는 사람, 오래 알았어도 파악하기가 쉽지 않은 사람이 되고 싶은 이상한 바람이 있다. 실은 별 의미 없어 보이는 내 블로그 소개말이 그런 바람을 담고 있다. 'Hell yeah, I have more.' 보이는 것이 다가 아니다. 여기에 올리는 것이 다가 아니다. 그랬으면 좋겠고, 그래야만 한다. 나의 차집합 늘리기는 생에 걸쳐 계속될 것이다.

나의 진짜 모습은
차집합 어디쯤에 있어—

집중력과 매몰력

무언가를 시작하면 나는 그것에 쉽사리 집어삼켜진다. 어떤 일에 쉽게 매몰되곤 하는 이 모습을 집중력이 높다고 표현하는 건 영 적확하지 않단 것을 알고 있기에, 일명 '매몰력'이라고 부르는 편이 더 적절하지 않나 싶다. (이런 것도 능력이라고 부를 수 있을지는 모르겠습니다만.) 여하튼 이렇게 빠르게 매몰되는 것이 단기 집중에는 큰 도움이 되지만 여전히 건강하지 않은 습관이란 것도 안다. 특히나 매몰된 순간부터는 근처에 있는 다른 선택지들이 순식간에 흐려지거나 거의 보이지 않는다는 점에서는 매우 위험하다고 느낀다.

한번 매몰되면 열심히 하던 일을 그만두기로 결심하거나

오랫동안 했던 일을 돌연 멈추려고 하는 게 마음처럼 쉽지 않다. 막상 그만두고 나면 그전까지는 대단히 크다고 생각했던 일들이 사실은 너무나 미미하고, 세상의 전부처럼 느껴지던 것도 극히 일부였단 걸 이내 깨닫게 되어 허망한 적이 여러 번이었는데, 매번 그만두거나 멈추는 게 왜 이리도 어려운 걸까.

매몰된 상태에서는 눈앞에 있는 무언가가 실제보다도 훨씬 크게 느껴져 스케일이 왜곡되곤 한다. 현상을 있는 그대로 바라보거나 현실을 담백하게 인식하기가 어려워지는 것이다. 몰입을 넘은 매몰이 위험한 이유는 여기에 있다. 매몰된 상태에서 빠져나오기 위해서는 자신을 의식적으로 구덩이에서 꺼내려는 노력이 필요하다.

요 며칠은 친구가 집에 놀러 와 내가 매몰되어 있던 것들에서 잠시 벗어나는 저녁을 보내고 있다. 하던 일들을 끊지 못하고 붙잡고 늘어지느라 늘 퇴근 시간을 넘겨 버리기 일쑤였는데, 손을 떼고 밖으로 나가 보니 이다음 날에는 하던 일도 새로운 시선으로 바라볼 수 있어서 오히려 도움이 되었다.

생각해 보면 몰입을 누군가 강요했던 것도 아니고, 무언가에 매몰된 상태로부터 나를 꺼내 올 수 있는 것은 언제나 나 자신이건만, 하고 있는 것을 쉽게 멈출 수 없다는 강박에 갇혀 있었던 것이 아닌지 되돌아보게 된다. "나는 나의 유일한 구원자"라고 자주 말하면서도 마지막으로 자신을 구원한 것은 언제였던가 싶다.

　얼마 전에는 회사 점심시간에 잠깐 나가 수영을 했다. 평소였다면 식사와 일에 대한 생각이 뒤섞인 시간이었을 텐데, 잠시나마 몸을 움직이니 안고 있던 걱정들이 물에 씻겨 나갔다. 무언가에 집중하고 몰입하고 또 종종 매몰될 정도로 파고드는 것도 나지만, 반대로 집착하고 있던 일에서 일부러 거리를 두며 때로는 모니터 앞을 박차고 밖으로 나가는 것도, 매몰되어 있던 일들에서 잠시 떨어져 숨을 고르는 것도, 그리하여 나를 숨 쉬게 할 수 있는 것도 결국엔 나 자신일 테다. 누군가 나를 구원해 주기를 기약 없이 기다리기보다는 적극적으로 나 자신을 구원해 나가는 연습을 해야겠다고 생각한 한 주였다. 물론 쉽지는 않겠지만.

이것만 잘하면 된다

최근에 꽤 재미있는 물건을 샀다. '리마커블Remarkable'이라는 태블릿인데, 간단히 말하자면 필기 기능만 있는 이북e-book 기기다. 하나의 물건이 일상에 들어오는 순간 또 하나의 세계가 함께 따라오기 마련. 새 장난감을 이리저리 가지고 놀다 보니 다양한 생각의 가지가 뻗어 나간다. 역시 나를 키우는 건 8할이 소비다. 사실 이 물건에 매료된 것은 상세 페이지의 스펙 때문이었는데, 그 스펙이 속된 말로 '빵빵'하기보다는 요즘 시대의 진보된 기술을 고려했을 땐 오히려 상당히 빈약하기까지 했다. 그런데 놀랍게도 가장 매력적이었던 건 그 부분을 강조한 점이었다.

- 우리 기기는 소셜 미디어도 안 되고, 이메일도 안 됩니다.
  그저 당신의 생각에 집중하기**만**을 돕죠.
- 읽고 쓰는 것**만** 됩니다.
- 와이파이로**만** 싱크가 가능합니다.

'만only'이라는 조사가 이렇게 긍정적으로 다가온 경우가 또 있었던가. 안 된다는 게 이렇게나 많은데도 기분 좋은 건 또 처음이다. "이것도 되고요, 저것도 됩니다!"라고 서로 아우성 치는 첨단 기기 시장에서 당당하게 "저희는 딱 이것만 됩니다"라고 말하는 게 어찌나 쿨하게 느껴지던지. 어떤 물건을 고려할 때는 특장점을 소개하는 상세 페이지들을 늘어놓고 여러 가지 옵션을 비교해 보곤 했는데, 사기도 전에 이렇게 나와 버리니 오히려 묘하게 더 설득력이 있는 게 아닌가. '뭔가가 더 되는 물건은 있어도, 이것보다 안 되는 게 많은 물건은 없을 것 같은데?' 하면서 어느새 설득되어 버리고 말았다.

어쨌거나 모든 걸 다 잘할 수 없다면 이렇게 하나만 남겨 두고 나머지는 과감히 포기해 버려도 되는 것 아닌가? 다재다 능이 최고의 가치가 되어 가고 있는 세상, 모든 걸 잘하고 싶어 안달 난 나에 대한 어떤 일침처럼 느껴지기도 했다. 모래를 가득 움켜쥔 손에서 모래가 손가락 틈으로 흘러내리듯, 모든 것을 다 잘하고 싶어서 수많은 것을 그러쥔 손에 남은 것은 무엇인지 떠올려 본다. 옆 사람만큼 잘해야 한다는 압박으로 이것저것 하다가 정말 내가 잘하고 나에게 중요한 게 무엇인지 점점 잊어 가고 있는 것은 아닐까? 선택과 집중이 점점 멀게만 느껴지는 요즘, 리마커블의 상세 페이지를 찬찬히 읽으며 지금 나에게 필요한 건 '이것만 잘하면 된다'라는 마음임을 깨달았다.

"오로지 '생각에 집중하기 위해' 필기 이외의 다른 기능은 다 지워 버린 기기"라고 정의한 리마커블 덕에 급기야 책상 위 아이패드는 이메일도 되고, 소셜 미디어도 되고, 시도 때도 없이 푸시 알람이 울리는 시끄럽기 짝이 없는 물건이 되어 버리고 말았다. 어느새 손가락은 결제 버튼을 향했다. 이런 식의 과감한 포기, '다 잘할 필요도 없고, 하나만 잘하면 된다'라는 생각이 널리 퍼졌으면 좋겠다는 응원의 마음도 담아서 말이다. (그러기엔 100만 대나 팔렸다는 소식을 들었습니다만.) 어쨌든 오늘도 사물로부터 배운다.

옆 사람만큼 잘해야 한다는 압박으로

이것저것 하다가 정말 내가 잘하고

나에게 중요한 게 무엇인지

점점 잊어 가고 있는 것은 아닐까?

지금 나에게 필요한 건

'이것만 잘하면 된다'라는

마음임을 깨달았다.

돌 위에 글을
쓰는 것처럼

생각하는 것은 물 위에 글을 쓰는 것이다. 그건 그냥 흘러가 버린다. 돌 위에 글을 써야 한다. 그래야 남는다.

– 허우 샤오시엔

나의 상태를 체크할 때 좋은 지표 중 하나는 내가 소셜 미디어에 올리는 게시물의 빈도수다. 조금 더 구체적으로 이야기하자면 활동 그 자체보다는 기록에 더 중점이 있다. 내가 소셜 미디어에 공유하는 내용 대다수는 특별한 사건, 사고나 이벤트보다는 아주 사사롭고 작은 일상과 생각들인데, 이렇게 별것 아닌 듯 사소한 일상을 쓰거나 그리거나 사진을 찍고 싶다는 생각이 드는 건 언제나 마음에 적당한 여유가 있을 때나 가능한 일이기 때문이다. 또 게시물을 올리는 것은 시간을 들여야 하는 일이므로, 게시물의 빈도수는 내 삶에 심리적, 물리적 여유가 있는지에 대한 기준이 된다. 그러므로 꽤나 적절한 지표라고 볼 수 있겠다.

사람과 직접 만나 수다 떠는 일에 취약한 나는 좋은 이야기꾼은 아니다. 이야기를 재미있게 꺼내 놓는 재주도 없거니와 슴슴한 일상을 영위하고 큰 기복 없는 안정적인 삶에서 안도감을 느끼는 나의 이야깃거리는 늘 큰 변곡점이나 탈선 없이 잔잔히 흘러가는 일상 그 어딘가에서 머무르곤 한다. 그러나 시간이 지날수록 당연하게 느껴지는 것들이 많다는 걸 발견할 때면 조금씩 서글퍼진다. 무언가에 익숙해지는 것은 물에 떨어진 잉크 방울처럼 순식간에 퍼져 나가기 때문에, 당연한 일들을 더 격렬하게 쓰는 것이 최선의 선택이다.

여기서 격렬함은 '과장된 표현'보다는 '격한 성실함'에 더 가까운데, 삶의 다양한 면면을 더 자세히 관찰하며 기록하는 과정을 반복할수록 당연해 보였던 많은 것들이 그렇게 당연한 것만은 아니라는 걸 깨닫곤 한다. 미국의 유튜버 셰이 칼이 "인생의 비밀은 클리셰라는 단어 뒤에 있다"라고 말한 것처럼 매일 반복되는 일상에 진리와 비밀이 숨어 있다. 그것들을 발견하려면 열심히 관찰하고 붙잡고 써 두어야 한다.

격렬한 기록이 가장 빛을 발하는 순간은 기억이 희미해졌을 때다. 당시에는 특별하지 않다고 여기던 것들도 시간이 지날수록 기억 속에서 잊히고, 존재했는지조차 아득해진다. 그럴 때는 선명히 남겨진 문장 한 줄이나 찍힌 사진 한 장이 얼마나 소중히 다가오는지 모른다. 당시에는 별생각 없이 한 기록들에 고마워지는 순간이다.

특히 해외 등 새로운 환경에서는 모든 것이 신기하고 자극적으로 다가온다. 그럴 땐 부지런히 영감을 기록해 두는데, 차츰 환경에 익숙해지면서 기록량은 눈에 띄게 줄어들고 만다. 해외 파견을 처음 나갔을 때도 마찬가지였다. 첫 3개월 동안은 새로운 것들에 대해 미친 듯이 기록했지만, 환경에 적응하면서 나의 기록 생활은 금세 시들해졌다. '오픈빨'이 조금 더 갈 줄 알았는데 벌써? 서운해하며 하나라도 더 붙잡아 보기 위해 그림을 그리고 글을 쓰기 시작했더니 또다시 일상의 새로운 면이 보였다. 매일 지나는 거리, 늘 만나는 사람들. 특별할 일 없던 일상을 기록하니 모든 것이 다 특별해졌다.

무탈한 삶에 만족하다가도 그것이 지루해질 때마다 우리

는 계속 자극을 찾아 헤맨다. 하지만 특별하고 반짝이는 것들만을 좇기보다 삶의 당연한 것들을 성실히 붙잡아 두는 데 더 열과 성을 쏟아야겠다. 소셜 미디어 포스팅이든 노트에 쓰거나 그리는 글과 그림이든 스마트폰으로 가볍게 누르는 셔터든, 허우 샤오시엔 감독의 말을 빌리면 '돌 위에 글을 쓰는 일'이니까. 그런 마음으로 오늘도 돌 위에 글을 쓰는 중이다.

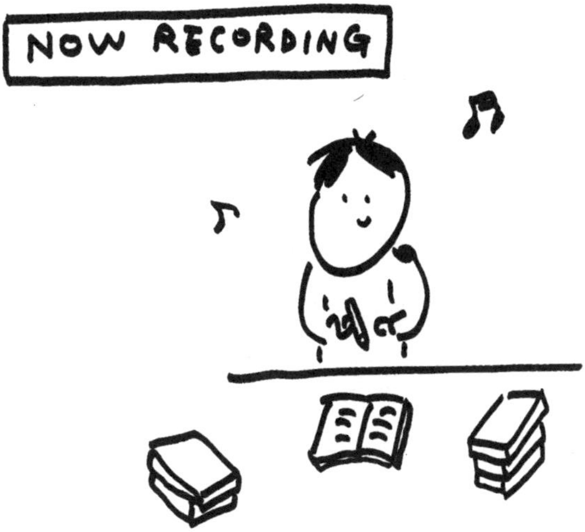
NOW RECORDING

우연함과 유연함

계획도 좋지만, 계획이 변동되는 것에 대해서도 항상 열
려 있어야 해요. 초기 의도와는 다르더라도 당신에게 운
이 따르고 집중의 끈을 놓지 않는다면, 오히려 기대했거나
원하는 바보다 훨씬 더 좋은 방향으로 이어질 수 있어요.

–칩 키드

일에서든 삶에서든 눈에 띄는 행보를 보이는 사람들을 만
나 대화를 나누다 보면 '우연히'라는 단어가 유독 많이 들린
다. 계획만큼 우연도 힘을 얻는 세상이 오다니, 이것 참 반가
운 일이 아닐 수 없다. 무엇보다 나는 우연에 업혀 살아가는

사람이 아니던가! 우선은 계획을 꼼꼼히 세우는 성격이 전혀 못 된다. 좋게 말하면 속 편하고 나쁘게 말하면 대책 없는 타입이라고 할 수 있겠다. 누군가 다음 계획을 물어올 때도 "없는데요, 어떻게든 되겠죠" 정도로 대답할 때가 많은데 결코 귀찮은 게 아니고 100퍼센트 진심이다.

예정된 계획이 없어야 마음이 놓이는 성격이다. 정해진 일정들만 생각하면 숨이 턱 막히고 갑갑하달까. (세상은 이런 나를 P형 인간이라고 부르더군요.) 예정되어 있던 일이 미뤄져 다시 계획을 세워야 하는 게 싫어서 재빨리 해치워 버리면 실행력이 좋다고 오해받곤 해 민망하기도 하지만 사실이 그렇다.

이런 성향 탓에 캘린더 관리나 약속, 계획과는 거리를 두고 살아온 걸 이젠 시원하게 인정하겠다. 당장 다음 주, 다음 달만 해도 정해진 계획 없이 시간을 최대한 비워 두려고 온갖 노력을 기울인다. 그래야만 정말 하고 싶은 일이 있을 때 당장이라도 할 수 있기 때문이다. 언젠가 마음을 빼앗는 매력적인 일을 만나면, 지체하지 않고 그것이 내 삶에 와르르 들어올 수 있도록 충분히 여백을 남겨 두고 싶은 마음이랄까. 그러니 앞으로의 행보를 정하는 것을 회피하고 차일피일 미루는 건 당연한지도 모르겠다.

계획에 취약한 것이 마음 한구석에서는 콤플렉스이기도 했다. 흔히 계획이 없다는 것은 생각이 없다는 것으로 혼동되기 쉽다. 하지만 무엇이든 들어오고 받아들일 수 있는 여지와 여백이 있다는 점에서는 유연함에 더 가깝지 않을까?

얼마 전 듣고 인상적이었던 미국의 디자이너 칩 키드의 말. 계획과는 멀어져도 여전히 더 좋은 방향으로 나아갈 수 있는 여지는 우연에 대처하는 우리의 유연한 자세에 달려 있다는 말이었다.

철저한 계획을 통해 목표한 것을 더 꾸준하고 단단하게 올려 나가는 사람들이 있는가 하면, 많은 우연을 붙잡고 두드려 보며 방향을 찾아 나가는 사람들도 있다. 원 펀치와 잽의 차이일 텐데 굳이 둘의 우열을 매길 필요는 없을 것이다. 그저 자신의 성향에 더 잘 맞는 길을 택하면 된다.

내 삶에 있어서 만큼은 철저함보단 우연함에 더 힘을 실어 주고 싶다. 어느 노래 가사처럼 "지루하게 선명하기보다는 흐릿해도 흥미롭게" 사는 게 더 좋은 나는 앞으로도 정해진 뚜렷한 계획은 없지만, 내 앞에 닥치는 우연한 것들을 열린 마음과 유연한 태도로 대하려 한다. 어차피 의도대로 되지도 않는 것, 이왕이면 다이내믹하고 예측 불가능한 것도 재미있지 않을까. 먼 미래에서 보면 나의 행보 또한 우연과 유연 그 중간 쯤에서 정의될 수 있길 기대해 본다.

Step 3.

'완벽' 대신
'최선'

게으른 완벽주의자들을 위한 '저지르기'의 힘

우리는 모두
초능력자

　2년여 간의 백수 생활을 청산하고 다시 회사로 들어갔다. 사실은 혼자서 크고 작은 일을 벌이며 생계를 유지하기에 크게 지장이 없는 상황이었는데도, 다시 어딘가에 소속되기로 한 결정이 대체 무엇 때문이었는지 오랫동안 생각해 봤다. 결국 두 가지로 귀결됐다. 첫 번째, 혼자서 할 수 있는 일보다 훨씬 스케일이 큰 일을 할 수 있다는 점. 두 번째, 혼자서는 결코 닿을 수 없었을 생각을 현실로 함께해 낼 수 있다는 점이었다. 혼자 있는 것을 좋아하는 나지만 종종 무리 한가운데 서 있는 자신이 잘 이해되지 않을 때가 많았는데, 두 번째 이유를 찾고 나니 협업이란 게 결국 나의 불완전성을 채워 주고, 사람들과

상호 작용하며 훨씬 더 나은 결과물을 만들 수 있게 해 준다는 사실을 깨달았다. 이제는 이해가 간다. 내가 늘 다양한 사람들을 찾아다니는 것이.

얼마 전 혼자 오랫동안 일하다 처음으로 외부 팀과 협업하게 된 지인을 만났다. 단독으로 결정하고 일하던 그는 첫 협업의 결과물을 받고 자신의 평소 취향도 아니고 전문 분야도 아닌 요소들이 결과물에 들어가는 것이 맞는가 의문이 생겼다. 하지만 팀원이 건넨 한마디에 단숨에 설득되며 마음이 놓였다고. "그래서 팀이 있는 거지요."

예전에 한창 즐겨 하던 게임에서는 내 캐릭터의 갑옷에 보석이나 무기 등 여러 아이템을 장착할 수 있었는데, 그때마다 캐릭터의 능력이 향상됐다. 지구력, 빠르게 달리는 능력, 공격력, 회복력 등. 처음에는 레벨 0이었던 나의 캐릭터가 시간이 갈수록 강해진 것은 다 여기저기서 모은 다양한 능력 아이템 덕분이었다. 회사에서 함께 일하는 팀을 떠올릴 때 나는 종종 이 캐릭터를 생각한다. 아이템 조합만큼 강해진 내 캐릭터처럼, 팀의 전체적인 능력은 결국 각각의 능력을 지닌 사람들이 모여 완성되는 것이 아닐까.

요즘 우리 팀원들에게는 이런 것들을 배운다. 눈앞에 닥친 일이 있어도 먼 미래를 함께 보는 법, 일을 꼼꼼하고 책임감 있게 하는 법, 힘든 상황에서도 기분 좋은 농담으로 웃게 하는 법, 같은 말도 예쁘게 하는 법, 함께 일하는 사람에게 진심으로 다가가는 법. 모두 나에게는 아직 한참 부족한 능력들이라 보면서 매번 감탄하고 조금씩이나마 흡수하려고 노력한다. 각자의 초능력을 지닌 사람들이 한데 모여 현실판 마블 히어로즈처럼 하나의 결과물을 만들어 가고 있으니 참으로 든든하고 감사한 일이다.

회사에만 국한되는 이야기는 아니다. 인간관계에서도 마찬가지다. 손에 꼽는 친한 친구들을 살펴보면 모두 하나둘씩 내가 갖지 못한 능력들을 지니고 있고, 나는 그들을 진심으로 존경한다. 어떤 이는 인사성이 타의 추종을 불허할 정도로 밝고, 누군가는 어르신들의 눈과 귀를 사로잡는 예의를 지녔다. 또 혼자 침잠하는 시간동안 놀랍도록 새로운 생각을 하거나, 기억력이 너무 좋거나, 리액션이 화려해 말할 맛이 나게 하는 사람들도 있다. 이런 것도 능력일까 싶은 작은 것까지 다 그들만의 고유한 초능력이다. 그러고 보면 우리는 모두가 초능력자가 아닐까.

그러니 우리는 자신에게 어떤 능력이 없다고 걱정하지 않아도 된다. 다양한 능력을 지닌 사람들을 만나고, 경탄하고, 또 천천히 그들의 능력을 흡수하면서 조금씩 배우면 된다. 그렇다면 반문하고 싶어진다. 내가 가진 고유한 초능력은 무엇일까? 나는 어떤 능력을 나눠 줄 수 있을까? 천천히 나를 관찰하며 발견하고 싶다. (아차, 작은 것에도 호들갑 떠는 능력도 능력이려나요?)

완벽함은
최선의 적이다

때때로 의미가 상반된 문장들에 공감하면서 내가 줏대 없고 모순적인 사람이라고 느낄 때가 있다. "네 말도 맞고 네 말도 맞다!"라고 허허 웃으며 이야기했다던 황희 정승처럼 어제 적극적으로 공감한 문장과는 정반대의 주장을 펼치는 오늘의 문장에 쉽게 동의해 버리는 것이다. 뭐, 이렇게 논리적으로는 설명하기 애매한 부분 때문에 인생이 쉽사리 정의될 수 없는 거겠지만. 이를테면 이런 거다. 평소의 나라면 결코 공감하지 못했을 문장이 어느 날 나를 위로하는 신기한 경우.

완벽함은 최선의 적이다.

—볼테르

어느 순간 그냥저냥 적당함에 만족하게 될까 봐 두려워하며 계속 감각에 날을 세우고 아무도 신경 안 쓸 사소한 디테일에 목숨을 걸며 일하는 나. 이런 나의 마음을 울리기에 사실이 문장은 내 성향과 너무나 상반되었다. 최고보단 최선이 더 낫다니, 당연히 완벽할수록 좋은 거 아닌가? 그런데 곱씹을수록 동의가 된다. 완벽함에만 집착하다 놓쳐 버린 기회들이 떠올랐기 때문이다.

처음부터 완벽함에 기준을 맞추면 완벽하지 않은 모든 것은 수준 미달이 되어 버리고, 결국 어정쩡한 중간 단계가 되면 견딜 수 없이 괴롭다. 그러다 보면 차라리 안 하느니만 못하다는 생각이 들 때도 많다. 실은 제대로 하지 못할 거면 차라리 안 하는 게 낫다는 주의다. 내가 만든 애매한 결과물을 보는 것만큼 괴로운 일도 없기에 선뜻 손을 대지 못하거나 아예 시작하지 않고 포기해 버리는 것들도 꽤 많다.

그러나 "최고가 되지 못한다면 아예 시작조차 하지 않는 편이 낫다"라는 입장과 "시작했으니 기왕이면 최고가 되어야 한다"라는 입장은 분명 다르다. 후자에는 중간 단계를 용납할 이유가 있다. 불완전한 모습은 완벽으로 향하는 과정이라는 점에서다.

완벽함은 시작의 적이 되기도 한다. 나는 지금껏 환경 문제에 대해 목소리를 거의 내지 않았다. 잘 모르기도 하거니와, 생산하는 것을 좋아하는 내가 환경 문제에 대해서 목소리를 내기 적절하지 않다는 생각도 했다. 무엇보다 환경 문제에 관심 많은 친구들과 환경운동가들에 비하면 내가 환경을 위한답시고 하는 일은 과연 의미가 있는지 의심이 들 정도로 너무나 작고 하찮기 때문이다.

그렇다고 당장 모든 일회용품 사용을 중단하거나 평생 물건을 만들지 않고 살 자신은 없다. 완벽하지 않고, 완벽할 수도 없었기에 어떤 액션도 하지 않던 내게 문득 이런 생각이 스쳤다. '영원히 완벽해질 수도 없을 것 같지만, 그렇다고 해서 평생 시작조차 하지 않는 건 더 아닌 것 같은데?' 미미하지만 내가 지금 환경을 위해 하고 있는 일이라도 SNS에 올려야겠다고 마음먹은 건 이 때문이었다.

우리가 자신이 선망하는 완벽에 가까워질 수 있는 유일한 방법은 시작하는 것뿐이다. 완벽하지 않음을 견딜 힘은 어쩌면 참 아이러니하게도 완벽을 향한 열망일지도 모르겠다. 완벽하게 해내지 못할까 봐 시작조차 않고 있는 수많은 일들 앞에서 생각한다. 시작에 의의를 두어도 충분히 의미 있는 것들이 있다고. 잘해 낼 자신이 없어 차일피일 미뤄 뒀던 몇 가지를 올해엔 시작해 봐야겠다.

우리가 자신이 선망하는

완벽에 가까워질 수 있는 유일한 방법은

시작하는 것뿐이다. 완벽하지 않음을

견딜 힘은 완벽을 향한 열망인지도 모르겠다.

시작에 의의를 두어도

충분히 의미 있는 것들이 있다.

"계속 써야
더 중요해지는 거야"

얼마 전 영화 <작은 아씨들>을 보다가 만난 반짝이는 대화. 인상 깊어서 공책과 집 안 곳곳, 블로그에도 써 두었다.

조: 우리 인생 이야기야.

에이미: 그래서?

조: 가족이 티격태격하고 웃고 하는 이야기를 누가 읽겠어? 중요한 게 없는 이야기잖아.

에이미: 그런 글들을 안 쓰니까 안 중요해 보이는 거지.

조: 글은 중요성을 반영하지 부여하진 않아.

에이미: 내 생각은 달라. 계속 써야 더 중요해지는 거야.

가족의 일상을 소설의 소재로 쓰기 시작한 '조'는 자신감이 없다. 특별하지 않은 소소한 신변잡기에 누가 관심이나 갖겠냐는 마음이다. "글은 중요성을 반영할 뿐 부여하진 않는다"라고 말하는 '조'는 중요한 내용만이 글로 쓰여 마땅하다고 생각한다. 그런 '조'에게 '에이미'는 반론한다. 중요하기 때문에 쓰는 것이 아니라, 쓰기 때문에 더 중요해지는 것이라고.

'조'의 말을 들으며 마틴 스코세이지 감독의 "가장 개인적인 것이 가장 창의적인 것이다"라는 말이 떠올랐다. 누구나 자신의 이야기를 꺼내 놓기 전까지 망설이기 마련이다. 너무 익숙해져 버린 것에는 특별한 감정을 느끼기 어렵고, 이토록 평범한 이야기에 누가 관심을 가질까 의문스럽기도 한다. 그러나 대부분 그것은 자신에게만 익숙할 뿐 타인에게는 전혀 새로울 수 있다. 자신에게 당연해서 특별함을 느끼지 못하는 무언가가 오히려 자신이 가진 제일 빛나는 자산일 수도 있다. 가장 가까이에 답을 두고 우리는 어쩌면 너무 멀리서 헤매고 있는지도 모르겠다.

"계속 써야 더 중요해지는 거야"라는 '에이미'의 말을 들었을 때 온몸에 전율이 일었다. 어렸을 때는 별것 아닌 사소한 일상도 일기로 잘만 썼는데 (숙제여서라곤 말 못해) 해가 갈수록 일상의 당연한 부분들은 조금씩 생략해 버리고 특별한 이벤트만 기록하게 되는 나를 발견했다.

몇 해 전 여행지에서 그림일기를 그리다가 재미가 붙어 일상으로 돌아온 후에도 조금씩 그림일기를 그렸는데, 그것만으로도 삶이 갑자기 더 재미있어지고 모든 것이 기록할 만한 소재가 되기 시작했다. 일기를 쓰는 건 하루를 두 번 사는 방법이라고 했던가. 평범한 일상도 약간의 감상을 더하거나 한 번 더 곱씹어 생각하는 것만으로도 약간은 비범해지는 듯한 같은 기분이다.

분명히, 쓰면서 부여되는 특별함이 있다. 《오디세이》《일리아스》 등을 쓴 고대 시인 호메로스처럼 기록을 남긴 사람들의 이야기는 오래도록 전해져 역사와 신화가 되었고, 이순신이나 스티브 잡스처럼 어떤 이는 삶을 써 내려감으로써 활자 속에서 영원을 얻었다. 이것이 내가 글을 쓰는 가장 큰 이유일지도 모르겠다. 그저 흘러갈 생각과 감정을 붙잡고 복기하는 과정에서 나의 삶은, 또 나의 이야기는 기록될 만한 자격을 부여받는다. 애초에 여기에 '자격'이라는 표현이 어울리는

지도 잘 모르겠지만 어쨌든 간에 계속 써야겠다. 에이미의 말처럼 그래야 특별하고 중요해질 테니까. 그게 무엇이든지.

'뱉고 보기'의 기술

일명 '목요일의 글쓰기'는 내가 꾸준히 하고 있는 정말 몇 안 되는 것 중 하나다. 일주일에 한 번씩이라도 좋으니 긴 글을 써 보자는 취지로 친구들과 가볍게 시작한 '목요일의 글쓰기'는 2024년 올해로 8년째 이어 오며 나름 유구한 역사를 자랑하는 글쓰기 프로젝트다. 나태 지옥에 빠진 요즘에는 이마저도 일요일에야 가까스로 마감하고 있지만, 그래도 지금껏 한 번도 빠뜨린 적 없다는 사실은 나의 자랑거리이자, 자신과의 약속을 잘 지키는 사람이라는 믿음과 자존감의 원천이 되고 있다.

나를 계속해서 움직이는 것은 무엇인가 생각해 본다. 열정일까? 아니면 책임감? 사실 나를 움직이는 가장 큰 동력은 예전에 내가 뱉어 놓은 말들이다. 순간적으로 열정이 불타올라 저질러 놨던 선언이나 앞으로 꾸준히 해 보겠다며 만들어 둔 인스타그램 계정, 혹은 #목요일의글쓰기 같은 해시태그 등이 오늘의 나를 움직이도록 부추긴다. 짧고 강렬했던 열정은 이내 식어 버리지만 남아 있는 잔재들이 내게 은근한 압박으로 다가오는 것이다. 물론 좋은 의미다.

지키지 못할 약속은 하지도 말라고 하지만, 사실 스스로 지키고 싶은 약속을 계속하다 보면 뭐라도 되는 경우가 많다. 무엇이든 입 밖으로 뱉는 것은 미래의 어딘가에 방점을 찍는 일이다. 어떤 것을 열심히 해 보겠다고 동네방네 떠들고 다니는 것만큼 창피한 일도 없지만, 방점이 찍히는 순간부터 그 목표를 향해 달려 나갈 수 있다. 움직이는 동기는 사람마다 다르겠지만, 나의 경우는 죄책감이기도, 때로는 책임감이기도 하다. 때로는 뱉어 놓은 것을 어떻게 해서든 수습해야 한다는 모종의 부끄러움일 때도 있다.

이전에 뱉어 놓은 말들에 대한 책임감에 허덕이며 오늘도 어렵게나마 퀘스트를 수행하고 있는 나. 하지만 동시에 엄청난 성취를 느끼는 순간도 그 선언 덕분이라는 걸 알기에 때로는 원망하고, 때로는 고마워하면서 살아간다. 매일 새롭게 동기 부여되고, 어제의 열정이 오늘도 그대로 뜨거우면 얼마나 좋을까. 하지만 그렇지 않은 사람인 나는 오늘도 먼저 말을 내뱉고 본다. '내뱉어 둔 것은 또 뭐라도 되겠지, 지금까지 그랬던 것처럼'이라는 조금은 가벼운 마음으로.

어제의 선언에
등떠밀려 움직이는 나

시작이 어려운 사람들을
위한 핑계 활용법

핑계가 부정적인 뜻이라는 건 의심의 여지가 없다. 사전적

의미부터가 그렇다.

1. 내키지 아니하는 사태를 피하거나 사실을 감추려고

   방패막이가 되는 다른 일을 내세움.

2. 잘못한 일에 대하여 이리저리 돌려 말하는 구차한

   변명.

하지만 나에게는 핑계가 늘 부정적으로 느껴지지만은 않

는데, 그 이유는 삶에서 핑계 덕을 본 경우가 꽤 있기 때문이

다. 핑계 덕에 피하고 싶은 일들로부터 자유로워진 때도 있고, 또 무언가를 핑계 삼아 새롭게 시작하게 된 일도 많은데, 핑계를 무작정 '게으른 변명'이라고 치부하기에는 어쩐지 나를 도와준 핑계를 배신하는 기분이랄까.

이왕 시작한 것을 완성도 있게 해내는 데서 자존감을 채우는 나는 감당할 수 있는 정도의 일만 벌이는 것이 언제나 최대 미션이다. 그래서 종종 하던 일에 집중하겠다는 핑계로 새로운 일을 거절하곤 한다. '선택과 집중'이라는 핑계는 하고 싶지 않은 일이나 굳이 하지 않아도 될 일들에서 나를 지키는 방패막이자, 실제로 더 잘해 내고 싶은 일에 더 시간과 에너지를 쏟게 하는 좋은 무기가 되어 준다.

또 어떤 핑계는 시작점이 된다. 해 보고는 싶지만 굳이 하지 않아도 삶에 전혀 문제가 되지 않을 듯해 선뜻 시작하지 못하는 일들이 꽤나 많다. 그럴 때면 내가 시간과 비용을 쓸 이유를 찾는 데 핑계를 이용하기도 한다. "일에 필요하지 않을까?" "나중에 여행 가면 쓸 일이 있을 거야." 그렇게 시작한 게 실제로 결실을 맺을지 그렇지 않을지는 시간이 지나 봐야 알 일이지만, 우선은 무언가를 시작할 수 있도록 돕는다는 점에서 핑계는 용기를 북돋아 주는 고마운 존재다. (게다가 이렇게 시작한 일이 전혀 예상하지 못한 다른 길로 나를 이끌기도 한다.)

뚜렷한 목적과 목표를 찍고 시작하는 일들에 비해 핑계 삼아 시작하는 일은 훨씬 가벼운 마음이 든다. 여기서 '가벼운'의 뜻은 '무책임함'보다는 '부담 없는 산뜻함'에 더 가까운데, 기필코 잘해내야겠다는 다짐보다는 이렇게 가볍게 시작하는 것이 오히려 더 잘될 때가 많다.

마지막으로 핑계는 감정 표현에 서툰 내게 좋은 사회화 도구이기도 하다. 보고 싶은 친구나 친해지고 싶은 사람에게 대뜸 안부를 묻거나 만나자고 하기는 영 쑥스러운데, 다른 이벤트나 소식을 핑계 삼아 연락할 수도 있으니 여러모로 삶에 도움이 된다. 이렇듯 나는 삶의 다양한 면에서 핑계를 적극 활용하고 있다. 모든 것에 솔직해질 수 있다면 얼마나 좋으련만, 그게 어려운 내게 핑계는 늘 좋은 도구다. 생각의 물꼬가 되어주는 핑계, 자신을 향한 용기와 응원으로써의 핑계, 때로는 내 시간을 지키는 좋은 방패로써의 핑계. 그러니 적어도 내게 핑계는 비겁한 변명과 게으름 그 이상의 역할을 한다는 데 의심의 여지가 없어 보인다. 어쩌면 나는 핑계에 생각보다도 훨씬 더 많은 빚을 지고 있는지도 모르겠다.

시선과 관점

네 재능이 특별해서가 아니야. 수학의 눈으로 세상을 보는 네 시선이 특별해서. 그게 좋아서.

– <멜랑꼴리아>

드라마 <멜랑꼴리아>를 한참 재미있게 봤다. 이야기는 숨길 수 없는 재능을 타고난 수학 천재 '승유'와 선생 '윤수'의 만남으로 시작한다. '윤수'는 우연히 '승유'의 카메라에 자동차 번호판, 패턴 등이 잔뜩 찍힌 독특한 사진들을 보게 되고, 보통의 풍경 사진과는 사뭇 다른 그 사진들에서 '승유'의 특별한 시선을 마주한다. 그러나 어렸을 때부터 타고난 수학적 재능으로 원치 않는 주목을 받고 아픈 경험을 해야 했던 '승유'는 자신에게 다가서려는 '윤수'를 경계한다. '윤수'는 그런 '승유'에게 말한다. 특별한 것은 너의 재능이 아니라 시선이라고.

드라마 속에서는 평범한 일상의 장면들을 수학의 눈으로 바라보는 '승유'의 시선을 엿볼 수 있다. 길거리의 번호를 보고 수식이나 수열을 떠올리고, 계단이나 건물을 보고 그래프를 그리거나 각도를 계산하는 식이다. 사실상 타인의 시선으로 세상을 볼 일이 전혀 없는데, 이렇게 시각적으로 표현된 타인의 시선을 접하니 수학을 좋아하는 누군가에게는 정말 세상이 이렇게도 보이겠구나 싶어 무척 흥미로웠다. 누군가에게는 숨 쉬듯 당연한 시선이 다른 누군가에게는 완전히 새로운 세상으로 다가오기도 한다.

누구나 자신만의 시선으로 세상을 바라본다. 《천 개의 눈 속에는 천 개의 세상이 있다》라는 책 제목처럼, 같은 세계에 있지만 사실은 모두가 다른 세계에서 살아가고 있는 셈이다. 누군가는 수학의 눈으로, 누군가는 언어의 눈으로, 누군가는 춤의 눈으로 세상을 본다. 누군가는 거들떠보지도 않는 것을 어떤 이는 소중히 여기기도 하고, 어떤 관점에서는 너무나 중요한 것이 또 다른 관점에서는 대수롭지 않게 비치기도 한다.

모든 인간의 생각과 경험을 완전히 일치시킬 수 없기에 아무리 노력해도 시선은 서로 조금씩 비켜 나가곤 한다. 영원히, 완벽히 좁혀지지 않는 차이. 삶의 미스터리와 미학은 여기에 있다.

그럼 나는 어떤 시선으로 세상을 바라보고 있을까? 매번 다르지만 나는 대체로 '물건' 위주로 세상을 대한다. 영화를 볼 때도 배우보다 소품에 더 눈길이 가고, 누군가를 만났을 때 저런 습관이 어떤 물건에서 비롯된 것일지 상상하기도 한다. 물건 뒤에 숨겨진 이야기는 항상 궁금하다. 딱히 노력하지 않아도 그저 자연스럽게 관심이 가고 시선이 향한다. 시선이 자연스레 계속 이어지면 관점이 되기 마련이다. 오로지 나의 관점이기에 남에게는 전혀 다르게 보일 테지만, '승유'처럼 나 또한 나만의 관점이 있다는 사실을 깨닫고는 오히려 기뻤다.

우리 각자의 시선은 고유하고 특별하다. 그것을 타인에게 공유하고 경험을 나눌 수 있을지의 문제는 잠시 차치하고서라도 나만의 시선이 있다는 사실 하나만으로도 어쩐지 내 삶이 조금 더 특별하게 느껴진다. 이 글을 읽고 있는 당신은 어떤 시선으로 세상을 바라보고 있는가.

Area =

$$\int_A^B (f(x) - g(x))dx$$

$$+ \int_.^C$$

견물생심이
꼭 나쁜 걸까

견물생심見物生心. 물건을 보면 가지고 싶은 마음이 생긴다
는 뜻으로, 무언가를 보는 순간 피어오르는 욕심을 이야기하
는 사자성어다. 일반적으로는 이런 욕심을 경계하고 절제해
야 한다는 뜻으로 말하지만 견물생심이라고 마냥 나쁜 것만
은 아니다. 우선 나부터가 그 장점을 십분 활용하며 살아온 사
람임을 고백한다.

나는 태생적으로 야망이나 욕심이 별로 없는 성격이다. 어
렸을 때부터 "우리 애는 욕심이 너무 없어"라고 타박을 듣곤
했다. 하지만 훈련으로 없던 욕망이 갑자기 생겨날 리도 없고,
이후로도 유야무야 살아왔다. 경쟁심이 별로 없는 나로서는

남보다 뭔가를 더 잘하고 싶다는 생각도, 또 무언가에 죽기 살기로 임해야 할 필요성도 딱히 느낀 적이 없다. 마음 편한 삶을 살기에 이보다 더 좋은 삶의 태도가 없겠으나, 발전의 관점에서 보면 오히려 독이 될 수도 있다. 현재에 쉽게 만족해 버려서 앞으로 나아갈 필요를 별로 느끼지 못하니까 말이다.

그런데 이상하게 나는 꾸준히 뭔가를 잘해 보려 노력해 왔다. 경쟁심도 욕망도 아니라면 나를 움직인 것은 과연 무엇이었을까. 어쩌면 살면서 내가 봐 온 수많은 것들이 아닐까 싶다. 그러고 보니 '한번 해 보고 싶다!'라고 내 안에서 갑자기 튀어 나온 욕망은 없었어도, 근사한 무언가를 보고 '저런 건 한번 해 보고 싶다!'라는 생각을 꽤 많이 했다. 좋은 문장을 쓰는 작가의 책을 보면서 책을 쓰고 싶어졌고, 일을 똑 부러지게 잘하는 동료를 보면서 저렇게 일하는 사람이 되고 싶다는 바람이 생겼다. 내가 본 것들은 곧 나의 레퍼런스 혹은 목표 지점이 되곤 했다. 뭔가를 보면서 느낀 설렘, 멋지다고 생각했던 것과 근접해지고 싶은 마음이 나를 기꺼이 움직였다. 이것은 분명 욕심과는 다른 결의 어떤 마음이었다.

이 세상에 끝내주는 창작물은 너무나 많고, 감 좋은 사람들의 역량은 끝도 없다. 요즘 잘 나간다는 새로운 활동이나 콘텐츠를 보는 것은 큰 영감이 되지만 동시에 약간의 스트레스로 다가오기도 한다. 너무 빠른 변화에 지치기도 하고 그걸 계속해서 업데이트하는 것도 여간 귀찮은 일이 아니니까. 그럼에도 끊임없이 잘되는 가게나 전시, 새로운 브랜드, 사람들을 열심히 쫓아다니며 구경하러 다니는 이유는? 뭔가를 보고 나야 생기는 마음과 생각, 그 견물생심이 나를 앞으로 움직일 거라는 걸 알고 있기 때문이다.

견물생심을 단순히 보지 않았더라면 생기지 않았을 욕심, 절제에 대한 필요성에만 초점을 맞추기엔 영 아쉽다. 보기 전까지는 딱히 필요한지 몰랐어도 보고 나면 "아, 나 이거 필요했네" 하는 것들이 세상에 얼마나 많은가. 그저 쓸데없는 욕망이라고 치부하기엔 실제로 그들이 일상에 들어오는 순간, 우리의 삶이 훨씬 더 윤택해졌다는 사실에 쉽게 동의할 수 있을 것이다.

그러니 앞으로도 계속 두 눈을 크게 뜨고 유명한 것, 멋진 것, 많은 이에게 영감을 준 것들을 하이에나처럼 찾아다닐 셈이다. 실컷 보고 듣고 느끼다 보면 어느 순간 움직이고 싶은 마음이 들 테니까. 그런 점에서 견물생심은 생산적이라고 할 수 있을지도?

'적당히'와의 사투

매일 수많은 유혹에 흔들린다. '이쯤에서 끝낼까' '이 정도면 되지 않을까' 하는 유혹들이다. 귀찮아서, 빨리 끝내고 싶어서, 지쳐서, 시간이 부족하단 이유로 적당히 타협하고 싶을 때가 있다. 사실 대충 끝내야 하는 이유를 찾는다면 끝이 없다. 그냥 봐 줄 만한 정도로만 끝내도 당장에 아무 일도 일어나지 않거니와, 실제로 대세에도 별다른 지장이 없다.

"오케이, 이 정도면 되었다." 이런 말을 꽤 자주 듣고 또 자주 한다. 인생에 이 정도의 타협이 없다면 얼마나 팍팍한 삶인가 싶으면서도 동시에 이 말이 얼마나 위험한지 안다. 그 적당한 타협들의 끝에는 대개 아쉬움과 후회가 뒤따르기 때문이다. 찜찜했지만 적당히 눈감고 흘려 버린 순간들. 그리고 그 순간으로 계속해서 돌아가고 싶어 하는 나를 떠올려 보니 사실 "오케이, 오케이" 했던 그 말은 사실 오케이가 아니었다. 어쩔 수 없었다고 말하면서도 나는 알고 있다. 분명, 어쩔 수 있었다는 걸.

인생에서 가장 뿌듯한 순간들을 돌이켜 본다. 몇 주간 끈질기게 고민했던 카피, 다들 이 정도면 괜찮다고 하는데도 의심을 거듭하다 막판에 뒤집어엎은 콘셉트, 한 달 내내 뜨는 해를 뒤로하고 쪽잠을 자며 만든 책, 수십 번 프린트해 보고 만들었던 제품들. 영혼이 빠져나갈 정도로 끈질기게 집착한 그 순간들의 끝에 적어도 '그때 더 해 볼걸' 하는 후회는 남지 않았다.

반대로 인생에서 가장 아쉬운 순간은? 갖은 핑계를 대며 타협했던 순간들이다. '좀 더 해 보면 좋았을걸' '그 정도로 끝내는 게 아니었는데' 하고 한참을 따라다니는 후회들이 남아 있다. 여기서 벗어나는 방법은 없지만 앞으로 생길 비슷한 후회를 방지할 수는 있다. 오로지 내게 주어진 남은 순간들에 최선의 최선을 다하는 수밖에 없는 것이다.

과하다 싶을 정도로 끈질기게 디테일을 챙기는 사람들이

있다. 그 모습에 기함하며 뭘 저렇게까지 물고 늘어지나 하지만, 끝에는 반드시 더 좋은 결과가 따르는 것을 목격한다. 굳이 그럴 필요까지 없는데 사서 고생하는 그 수고로움은 결코 배신하지 않고 나중에라도 티가 난다. 그러니 조금은 고집스럽게 물고 늘어져야 할 때도 있다. 귀찮음은 짧지만 뿌듯함은 평생 남으니까.

여전히 끝까지 물고 늘어질 것과 힘이나 강도를 적당히 풀어야 할 것들의 간극을 좁히는 일이 참 어렵다. 하지만 적당히 타협하지 않고 집착한 사람들이 해낸 경이로운 디테일을 보며 생각한다. 타협하지 말아야 할 것들에는 결코 양보하지 않아야겠다고. 그래서 며칠 전 친구와 "우린 편하게 살긴 글렀다" 하며 이야기를 나눴다. 그래도 피곤할지언정 적어도 자신에게는 미안하거나 부끄럽지 않은 정도의 뚝심을 지닌 채 살아가고 싶다. 언제나, '적당히'를 경계하며 살아가야겠다.

적당히 타협하지 않고 집착한 사람들이

해낸 경이로운 디테일을 보며 생각한다.

타협하지 말아야 할 것들에는 결코

양보하지 않아야겠다고. 적어도 자신에게는

미안하거나 부끄럽지 않은 정도의 뚝심을

지닌 채 살아가고 싶다.

언제나 '적당히'를 경계하며 살아가야겠다.

한계라는 가능성

얼마 전 오랜만에 아이팟을 수리했다. 하드웨어를 전부 다 포맷해 버리고 나니 남은 노래가 없어서 한 달에 MP3 파일 30곡씩 다운로드할 수 있는 요금제를 결제했다. 한 달에 30곡이니 하루에 딱 한 곡씩인 셈. 스트리밍 서비스로 언제 어디서나 원하는 음악에 곧장 닿을 수 있는 시대인데 굳이?

요즘 들어서는 나를 너무 잘 파악한 음악 앱의 알고리즘 덕에 무엇을 들을까 생각할 필요가 없다. 노래가 끝나는 동시에 "있잖아, 이것도 네가 안 좋아할 수 없을걸?" 호언장담하듯 알고리즘이 내미는 음악은 늘 거부할 수가 없다. 이렇게 떠먹여 주는 것에 익숙해질 대로 익숙해진 나.

새롭게 생긴 30곡이라는 제한 때문에 오랜만에 새삼스럽게 한참을 고민했다. 그러다 갑자기 어떤 곡을 다운로드할까 떠올려 보려니 꽤나 막막하다. 앗, 그러게. 내가 어떤 음악을 좋아했더라? 이번 달은 어떤 곡들을 다운로드하는 게 좋을까? 리스트 업을 해 보니 금세 30개가 넘어서 그중에서 또 몇 개를 지웠다. 그렇게 지워 나가는 와중에 또 나만의 기준을 발견한다. '참, 난 이런 장르를 좋아했지' 하고 오랜만에 떠올려 보거나 이 곡이 내게 어떤 의미가 있는 곡인지 생각해 보기도 하면서. 무제한 스트리밍을 할 때는 해 본 적 없던 여러 가지 생각들에 닿으며 갑작스레 생긴 (실은 내가 만든) 제한에 고마워졌다.

누군가에겐 배부른 소리로 들릴지 모르겠으나 나는 대부분의 경우 조금이라도 제약이 있는 편을 선호한다. 더 구체적으로는 조건의 한계인데, 무언가가 한정된 상황 안에서 최상의 결과물을 내는 방법이 무엇일까 떠올릴 때가 재미있지, 오히려 무한정으로 열려 있으면 재미가 반감되곤 한다. 그래서 데드라인이나 상한선 없는 예산 앞에서는 우선 나만의 제한을 먼저 만들어 본다. 내가 뛰놀 수 있는 놀이터의 규모를 정하고 나면 그 안에서는 모든 게 한결 쉬워진다. 너무 많은 옵션이 어느 정도 제거되고 나면 내가 무엇을 하고 싶은지, 뭘 만들고 싶은지가 좀 더 명확하게 보이기 때문이다.

쓸 공간이 편지지보다 적은 엽서, 마지막 남은 노트 한 페이지, 세 문장으로 끝내야 하는 자기소개 등 우리 일상에는 이렇게 사소한 제약이 언제나 존재한다. 그리고 이런 제약들 앞에서 우리는 평소보다 조금 더 고민하게 된다. 어떻게 하면 이 여백을 알차게 구성할까, 이 안에서 어떻게 가장 빛나는 문장을 써낼 수 있을까 고심하면서 말이다.

진정한 크리에이티브는 제약에서 나온다는 유명한 이야기를 굳이 언급하지 않더라도, 제약은 우리에게 많은 생각의 기회를 제공한다. 내 오랜 취미 중 하나는 계속 'TOP 5' 'TOP 10' 등 나만의 톱N 리스트를 만들고 업데이트하는 것인데, 이 5 혹은 10이라는 숫자 앞에서 나는 계속해서 내가 가장 좋아하는 것들을 계속 발견하고 확인하고 걸러 내며 취향을 확고하게 해 나간다. 뭐든지 가능한 무제한의 망망대해 앞에서 무엇부터 해야 할지 막막해하는 우리 모두, 시작은 가볍게 뛰놀수 있는 나만의 작은 제약을 만들어 보는 것은 어떨까.

자리가
사람을 만든다

세상의 수많은 전문가, 직업인, 마니아들을 보면서 때때로 생각한다. '나는 저 정도까진 아닌데……' 되고 싶은 모습과 현재 모습의 괴리가 언제나 존재한다. 이상은 현실보다 늘 위에 있고, 어렵사리 근접해 닿으려 치면 또다시 멀어지기에 그 차이는 쉽사리 줄어들지 않는다. 현실과 이상의 틈에서 내가 어떤 사람인지 설명할 때 무슨 표현을 쓸지 늘 고민하게 된다. 지금의 상태로 표현하기엔 내가 너무 미약해 보이고, 미래의 목표로 표현하기엔 지나치게 거창하게 느껴진다.

이런 생각이 들 때는 '문구인文具人'이라는 표현을 처음 쓴 날을 떠올린다. 내가 문구에 대해 전문가보다 잘 아는 사람도 아니고, 문구 업계에 종사하지도 않는데 이런 표현을 갖다 써도 될까? 어디서 나왔는지 모를 뻔뻔함으로 나를 문구인이라고 선언하고 나니, 뒤늦게라도 수습해야 할 것만 같았다. 기왕지사 문구와 관련된 일을 찾아서 하고, 책도 쓰고, 공부도 더 하고, 심지어 문구점도 더 많이 갔다. 왠지 '문구인'이라면 그래야 할 것만 같아서. 결론적으로는 나를 표현한 단어 하나 덕분에 문구라는 장르와 훨씬 더 친해진 셈이다.

오래전 삽화를 그린 책에서 나는 자기소개에 '목요일마다 글을 쓰는 사람'이라고 썼다. 지난날의 선언 덕분에 나는 오늘도 이렇게 꾸역꾸역 약속을 지키고 있다. 굳이 그걸 확인하려고 블로그로 들어온 누군가가 '음, 이 사람은 아직도 목요일마다 쓰고 있군'이라고 놀라며 떠나면 기쁘겠다는 마음으로. 이 외에도 뱉어 놓은 말이 무색해질까 막판 스퍼트를 올리거나, 좀 더 무리해서 일을 진행한 날도 많다. 결국 나의 현실을 이상과 가깝게 한 것은 내가 자신에게 씌운 프레임이었다.

나는 '자리가 사람을 만든다'라는 말을 참 좋아한다. 그 자리의 책임감이 내가 목표하는 모습에 어울리는 사람으로 성장하는 데 가장 중요한 역할을 한다는 점에서 그렇다. 비단 자리뿐일까. 자신이 뱉어 둔 말도 사람을 만든다. 이를테면 전문가라고 자신을 프레이밍framing한 사람이면 그 전문 지식을 탑재하기 위해 노력할 것이고, 매일 무언가를 하는 사람이라고 크게 선언해 둔 사람이라면 그 약속을 지켜야 한다는 압박감에라도 그 일을 성실하게 계속할 것이다.

요리 연구가 백종원은 자신을 "척하다가 척이 생활화되고 척이 인생화된 사람"이라고 했다. 처음에는 그런 '척'이 멋질 것 같아서 했는데, 계속하다 보니 그런 사람이 되어 버렸다는 것. 별생각 없이 한 말이 무게를 가지며 실체가 되는 경험을 살면서 꽤나 많이 겪는다.

그러니 기왕 프레이밍을 하는 것, 좀 더 나 자신이 되고 싶은 방향으로 해도 되지 않을까. 자기소개라는 게 나의 현재를 담는 표현이기도 하지만, 미래의 목표 지점에 방점을 찍는 일이라고 생각한다면? 이를 위해 약간의 뻔뻔함과 용기가 필요할지도 모른다. 때로는 먼저 선언하고 그 후에 수습해야 할 일이 있을지도 모른다. 앞에서도 언급했듯 사실은 다반사다. 하지만 위로 올라가기 위해서는 언제나 조금 더 높은 곳을 올려다보는 것이 중요하다고 했으니 자꾸만 위를 올려다봐야겠다. 언감생심이라고 생각했던 것이 어느새 현실이 되어 있을지도 모를 테니 말이다.

유명한 것은
왜 유명한가

취향만큼은 꽤 뚜렷하다고 자부하던 나였는데 언제부턴가 과연 그런가 의심이 들기 시작했다. 내가 좋아하는 것들을 왜 좋아하지? 이건 언제부터 좋아했지? 좋은 건 그냥 좋은 거지, 심각하게 생각할 거 있나 싶다가도 여기저기서 고개를 드는 의문들에 쉽게 대답하기 어렵다. 내가 좋아하는 것들이 정말 나로부터 비롯된 게 맞는지 한번 곱씹어 보기 시작하니 의외로 그렇지 않은 것들 또한 꽤 많다는 걸 알고 놀랐다.

처음 이 생각이 고개를 든 건 몇 해 전 서울에서 열린 데이비드 호크니 展이었다. 아니, 그전에 다프트 펑크 콘서트였던가. 고백하자면 나는 전시 소식과 내한 공연 소식을 듣기 전까지 두 아티스트에 대해 몰랐는데, 주위를 둘러보니 어쩐지 나 말고 다른 사람들은 원래 다 알고 좋아하는 것만 같았다. 요즘 사람들이라면 응당 좋아해야 하는 대세 중 대세 아티스트들. 현대인이라면 알아야 할 대표 화가라는데 어째서 나만 몰랐던 건가. 세상이 나를 두고 몰래 카메라라도 찍는 걸까. 지금 와 생각해 보면 전혀 그럴 이유가 없는데 어쩐지 부끄러워져 얼른 찾아보고 원래 나도 좋아했던 척, 천연덕스럽게 전시에 다녀왔다.

하지만 인구만큼이나 다양한 우리는 모든 것을 좋아할 수도, 좋아할 필요도 없다. 개인의 취향에는 그 사람이 살아온 환경, 만난 사람이나 시기, 그리고 그것들이 인생에 미친 영향 등 다양한 요인이 작용한다. 그런 것들을 모두 생략해 버리고 많은 이들이 좋아하고 유명하다는 이유로 짐짓 원래 좋아했던 척할 수는 있겠지만 그것이 어떤 의미가 있는가.

유명한 것은 왜 유명한가. 이제는 유명한 것이라면 왜 유명한지를 가장 먼저 찾아본다. 단지 유명하다는 이유로 쪼르르 좋아하지 않으려고. 그것이 인기를 얻게 된 배경을 찾아보고, 그럴 만한 이유가 있으면 설득당하기도 하고, 이야기에 호기심이 생겨 더 공부하거나 전시 등에 방문하기도 한다. 하지만 그것에 영감을 받거나 나의 온전한 경험이 되기 전, 즉 나에게 새로운 의미가 되기 전까지는 함부로 좋아한다고 말하지 않으려 노력한다. 사실도 아닐뿐더러, 그럴 이유도 의미도 없기 때문이다. 유명하다고 마냥 좋아할 것도 아니고, 유명하다고 해서 좋아하지 않을 것도 없다. 다만 나에게 갖는 의미와 내가 좋아하는 이유가 분명한 것이 중요할 뿐이다.

나는 늘 새로운 것을 만나고 좋아할 준비가 되어 있다. (사실 '금사빠'라 쉽습니다만.) 하지만 그게 무엇이든 간에 좋아한다면 좋아하는 뚜렷한 이유를 가진 사람이 되고 싶다. 내가 가진 두려움은 나도 모르는 새에 남의 취향을 내 취향으로 착각하게 되는 것이다. 어디서 봤더라, 누가 말했더라, 정보의 홍수에 떠밀려 출처를 기억하기도 어렵고 누구의 것인지 불분명한 취향들이 여기저기 부유하고 그걸 내 것이라 착각하기 쉬운 세상이니까. 그래서 늘 날을 곤두세우고 오늘도 질문을 던진다. 유명한 것은 왜 유명한가? 나는 이걸 왜 좋아하는가?

소화력이 좋은 사람

프랑스의 식민 지배 역사 때문에 베트남은 프랑스식 오페라 하우스, 성당 등이 많다. 그런데 이 건물들은 유럽 건축 양식이지만 묘하게 '베트남스러운' 느낌이 든다. 소재나 색깔 때문인지 모르겠지만 유럽풍이면서도 동시에 나라의 특색을 물씬 풍기는 건물들을 보면서 농담처럼 "하하, 베트남은 참 소화력이 좋네"라고 말했던 적이 있다.

어떤 옷을 입어도 자기 스타일로 소화해 내는 사람이 있다. 무엇을 하더라도 그 사람만의 색깔이 확연히 드러나는 사람들도 있다. 똑같은 것을 보고 나서도 자신만의 생각과 의견을 내는 사람들이 있는가 하면, 어디에서든 자신다운 삶을 살아가는 사람도 있다. 소화력이 뛰어나기 때문이다.

나도 소화력 좋은 사람이 되고 싶다. 새로운 정보를 접할 때, 적당히 받아들이면서도 완전히 휩쓸리지 않고 차근차근 자신의 것으로 만들어 가는 사람. 새로운 환경과 새로운 것들을 흡수하면서도 동시에 자기 방식으로 소화하고 재해석해 낼 수 있는 사람. 어떤 것이든 꼭꼭 씹어서 자기 스타일로 재탄생시키는 사람. 어디서 뭘 하더라도 "김규림답게 사네"라는 이야기를 듣는 사람이 되고 싶다.

그러고 보니 떠오르는 사람들이 몇몇 있다. 자신의 색깔이 꽤나 강한 디자이너 A는 장르를 넘나들며 다양한 작업을 하는데, 서로 다른 작업물을 보더라도 신기하게 그 사람이 떠오른다. 작가 B는 자주 여러 잡지에 기고하는데, 아무거나 그냥 읽어도 특유의 유머러스한 문체로 단박에 그를 알아볼 수 있다. 설마 하고 작가명을 찾아보면 100이면 100 그 작가다. 나는 이렇게 자신의 색이 뚜렷한 사람들을 정말로 좋아한다. 그 사람들이 새로운 프로젝트를 맡았다는 소식이 들리면 다음 창작물이 너무나 궁금해진다.

만약 사람이 색깔이라면, 주변에 물들기보단 내 색깔로 주변을 물들이는 사람이었으면 한다. 그러기 위해 내 색깔이 무엇인지, 가장 나다운 모습이 무엇인지를 누구보다 잘 알아야 할 터다. 나 자신을 가장 깊이 파고들어 나만의 고유한 색깔과 영역을 잘 파악하고 지켜 나가고 싶다. 언제 어디서 무엇을 하든 내 스타일대로 천천히 소화해 나갈 수 있기를. 오늘도, 내일도, 저기서도, 여기서도, 예전에도, 앞으로도 나다운 것을 만들어 가며 다양한 경험을 나답게 소화하면서 살고 싶다.

행복과 호들갑

요즘은 별것 아닌 걸로도 호들갑 떨 수 있는 사람이 최고로 행복한 것 같다고 생각한다. 사람은 적응의 동물이라 한두 번 보거나 경험한 것만으로도 금세 익숙해지기 마련이다. 풍요로운 삶을 위해서는 늘 새로운 자극이 필요하고, 이를 위해 우리는 계속 전에 보지 못했던 것을 찾고, 더 대단한 사건이나 장소, 이벤트를 쉼 없이 갈망한다. 이런 게 재미있기도 하지만 즐거운 삶을 위해서는 계속 이렇게 평생 부지런히 움직여야 한다고 생각하니 어쩐지 피로하기도 하다. 갈수록 더 큰 자극만을 좇다 보면 나중에는 놀라움이 남아 있기는 할까? 어느 순간 모든 것이 익숙해져 더 이상 새로운 자극에도 반응하지 않으면 어쩌지?

이런 고민을 하고 있을 때 베트남의 한 포토그래퍼에게서 힌트를 얻었다. 베트남에서 나고 자란 친구인데, 현지인이라면 익숙할 법한 것들을 새로운 시선으로 보는 작업이 매우 재미있었다. 겨우 1년 거주했던 나도 이미 익숙해질 대로 익숙해져 더 이상 찍지 않는 장면들을 이 친구는 계속 작업물로 남겼다. 베트남 사람인데 어쩜 이렇게 질리지 않고 외부인보다 더 외부인 같은 시선으로 볼 수 있는지 놀라웠다. 동시에 '아주 평범한 일상이 작업물이자 주제가 될 수 있으니 이 친구는 매일매일 너무 신나고 행복하겠는데?' 하는 생각이 들었다. 먼 곳이 아닌 가장 가까운 주변에서 영감을 얻는 것보다 더 큰 축복이 또 있을까.

기가 막히게 맛있는 음식은 머나먼 여행지에도 있지만 매일 가는 단골집에도 있다. 놀라운 아이디어나 생각은 저명한 연사들의 강연에도 있지만 가까운 사람들과의 수다 속에도 있다. 멋진 장면은 비싼 레스토랑에도 있지만 문득 내다본 우리 집 창문에도 있다. 감동은 거대한 자연 경관에도 있지만 친구가 놓고 간 작은 쪽지에도 있다. 익숙한 것들에 호들갑 떨면서 애정 어린 시선을 내주면 가능한 일이다.

되도록 오래, 별것 아닌 것에도 호들갑 떠는 사람이 되고 싶다. 쓸데없이 의미 부여도 하고, 작은 것에도 쉽게 감동받고, 매일 보는 것도 새롭게 보려 노력하는 시선과 굴러가는 낙엽을 보면서도 박장대소할 수 있는 낮은 웃음 장벽을 오래도록 유지하고 싶다. 대단하거나 거대한 행운을 기다리기보단 더 작은 행복들을 주변에서 잦게 찾아 나가는 사람이 되었으면 한다.

Step 4.

'남다르게' 말고
'나답게'

지속 가능한 행복탄력성을 키우는 법

우리가 포켓몬도 아니고

때때로 찾아오는 좌절과 우울함에 정신을 못 차리고 있을 때면 누군가는 "뭐야, 너는 그냥 매일매일 행복한 거 아니었어?"라고 묻는다. 하지만 365일 밝은 사람이 어디 있겠나. 참으로 다행인 건 쉽게 좌절하는 만큼 회복력 또한 상당히 빠른 인간이라는 사실이다. 기쁠 때는 기쁜 글, 슬플 때는 슬픈 글, 화날 때는 화난 글을 쓸 줄 아는, 내 감정에 솔직한 글을 쓰는 사람이 되고 싶어서 오늘도 써 본다.

오랜만에 찾아온 스트레스 속에서 헤엄치고 있는 요즘이다. 환경 탓도 해 보고 남 탓을 해 봐도 결국 파고들어 가면 이유는 단 하나, '나'로 귀결된다.

그렇다. 이번에도 범인은 나다. 나는 자신을 지독히도 괴롭히는 스타일이다. 뭐든 잘해야 하고, 다 알아야만 하고, 뭐든 완벽히 해야 하는. 애초에 그런 사람은 존재하지도 않고, 존재할 수도 없는데 말이다. 항상 이상을 저 멀리 점 찍어 두고 왜 저만큼 하지 못하냐고 늘 자신을 다그친다. 채찍질로 온몸에 상처가 난 나에게 더 잘해야 한다고, 더 하라고 자신을 극한까지 몰아붙인다. 참으로 피곤한 삶이 아닐 수 없다.

되고 싶은 모습과 실제 모습이 다름을 인지할 때면 극심한 스트레스를 받는다. 이상과 현실 사이의 거리를 좁히기 위해 하나씩 차근차근 그 차이를 줄여 나가면 되는데, 당장에 그만큼 해내지 못하는 나를 답답해하고 한심해하고 또 조급해한다. 그럴 때면 스스로에 대한 미움 또한 커져서 그간 쌓아 온 자존감이 한순간에 무너져 내린다. 다른 것에는 쉽게 만족하는 난데, 자신에게만은 유난스럽게도 까다롭고 인색하다. 언제나 나의 이상은 닿을 수 없는 저 멀리에 있고, 그렇기에 온전한 만족도 사실상 불가능에 가깝다. 행복하다고 느낄 즈음에는 으레 좌절과 우울함이 찾아오곤 한다.

이런 나의 성격이 내 삶을 너무나 괴롭게 하지만 그만큼 그 과정에서 성장도 많이 했기에 나쁘다고만 할 수는 없겠다.

하지만 괴로움과 성장 사이에서 늘 고민한다. 이렇게 괴로워하면서까지 성장해야 하는 것인가. 늘 나와의 사투를 벌이는 삶, 언제나 무언가에 쫓기는 삶에 회의감이 들 때도 있다. 성장도 좋지만, 대체 왜? 어디까지? 언제까지?

얼마 전 아이유의 인터뷰 영상을 보고 아주 조금의 위안을 얻었다. "사람이 포켓몬도 아니고, 매년 진화할 수는 없지 않나요?"라는 것이다. 평소 같았다면 그저 귀엽다며 웃어넘길 영상이었지만 그 말이 사뭇 진지하게 다가와 울컥했다. 아이유에게 늘 진화를 기대하는 사람들처럼 나도 자신에게 늘 진화와 성장을 강요한다. 몸도 마음도 상처 나고 지친 내게 응원과 위로보다는 계속해서 다시 일어나서 뛰라고 다그친다.

나는 매일 길을 걷는다. 예상치 못했던 산길을 오르며 헉헉대기도 하고 처음 가 보는 길이라 헤맬 때면 애초에 왜 이 길에 발을 들였나 벌컥 짜증을 내기도 한다. 그럼에도 내가 선택한 길이고, 내가 선택한 일이다. 온갖 처음 보는 낯선 것투성이인 길 위에서 나는 무너지고 또 무너진다. 마음을 조금은 가볍게 먹을 필요도 있다. 힘들면 쉬다 가도 되고, 다른 길을 찾아도 될 일이니까. 성장도 중요하지만 다른 무엇보다 내 행복이 최우선이다. 좌절을 거듭하고 만신창이가 된 나를 보며 내가 언제부터 이렇게 나약한 존재였나 싶지만 인간이라는 게 원래 나약한 존재라며 자신을 위로한다.

나에게 상처를 주는 것도 나지만, 상처를 치료하고 보듬어 주는 것도 결국에는 그 누구도 아닌 나의 몫일 테다. 그러니 조금은 관대해질 필요도 있지 않을까. 나를 조금은 덜 괴롭혀도 되지 않을까. 나를 때리는 강력한 채찍을 조금은 내려놓아도 되지 않을까. 어찌 되었든 행복하고 싶다.

포켓몬도 아니고,
매년 진화하는
것은 무리예요.

- 아이유 -

남들은 나에게
관심이 없다

───────────

    오늘은 '팩트 폭행' 비슷한 것을 해 보려 한다. 가끔씩 (나의 경우는 종종) 자신이 하고 싶은 일이 사회적인 통념에서 벗어나거나 일반적이지 않은 경우가 있을 것이다. 이를테면 자신이 진지하게 공부하고 싶은 것이 소위 '유망하다'는 분야와는 거리가 멀거나, 콘텐츠든 패션이든 지금 유행과는 완전히 동떨어진 스타일을 시도하고 싶거나, 성공 방정식이라고 불리는 안전한 길보다 마음이 이끌리는 새로운 길을 선택하고 싶은 순간들 말이다. 그럴 때 고민하게 된다. '사람들이 나를 이상하게 생각하지는 않을까?'

    하지만 여기서 중요한 사실이 하나 있다. 실제로 다른 사람들은 남에게 큰 관심을 두지 않는다. 모두 각자의 인생을 사느라 바쁘기 때문이다. 우리를 보는 시선들이 어딘가에 있겠지만, 그들은 스치듯 보고 또 자연스럽게 잊어버린다. 우리의 일거수일투족을 신경 쓸 정도로 할 일 없는 사람은 세상에 그렇게 많지 않다. 우리가 연예인이 아니라면 말이다.

나답게 살아가는 것은 용기가 필요한 일이다. 예전에 가지 않았던 길을 걷는 것일 수도, 또 전례 없는 도전을 하는 것일 수도 있다. 그러나 돌이켜 보면 나의 인생을 바꿨거나 내가 가장 잘한 일이라고 생각했던 건, 긴가민가할 때 내 주관대로 밀고 해 보았던 경험들이다. 한번 그 용기의 물꼬가 트이면, 훨씬 더 자기다운 삶을 살아갈 수 있다.

나는 어느 날부터 소속과 직함으로 나를 소개하는 것을 멈추고, 모든 SNS 프로필에 '문구인'이라고 썼다. 나를 알리는 쉽고 강력한 길이 있는데 굳이 이렇게까지 해야 할까 싶었지만 가장 좋아하는 것으로 나를 소개하려는 욕망이 컸다. 사전에 없는 생소한 단어를 쓰니 처음에는 친구들에게 "우주인 아니야?"라는 우스갯소리를 잠시 듣기도 했다. 하지만 결국 이 단어는 나를 내가 사랑하는 문구와 연결된 무수한 기회로 데려다주었다. 하도 뻔뻔하게 계속 쓰다 보니 이제는 '문구인'이라는 단어가 점점 보편화되어 가는 것 같다. (지금 인스타그램에 찾아보니 내가 처음 쓸 때만 해도 없었던 #문구인 해시태그가 벌써 5,000개를 훌쩍 넘었다. 그때 용기 내길 참 잘했지.)

우리는 우리가 하고 싶은 것을 할 때 가장 나다워진다. 남들의 시선이 두려워 하지 못하고 있다면 그냥 하자. 아무도 안 보는데 혼자만 몸 사리는 것보다 더욱 억울한 일이 어디 있겠는가. 어차피 남들은 큰 관심 없다고요!

왜 꼭 머리가
되어야 하는데요?

반장, 전교 회장, 팀장, 대표……. 우리는 살아가면서 꽤 많은 순간에 리더십을 발휘해야 하고, 그 리더십에 반응해야 한다. 학생일 때는 늘 반장이 된 학우가 쏘는 햄버거와 함께 한 학기를 시작했고, 사회에 나온 지금은 승진해서 리더가 된 누군가를 축하한다. 어떤 집단의 우두머리가 되는 것을 부러워하고 그렇지 못한 것을 안타까워하는 문화는 자연스럽게 리더십을 가진 사람이 더 우월하다는 인식을 심어 준다.

모임에서 환영받고, 누구와도 잘 어울리는 인사이더insider에서 나온 '인싸력'도 마찬가지다. 많은 사람 앞에서 장기자랑을 하는 것으로 학기 또는 회사 생활을 시작하는 신입생, 신입사원 오리엔테이션부터 적극적인 자기 어필이 중요하다고 외치는 수많은 자기계발서까지. 이 세상의 많은 일이 사람의 타고난 기질과는 관계없이 '외향성'에 더 가치를 두도록 설계되어 있지 않은가? '자발적 아싸outsider'라는 개념이 생긴 요즘은 조금 달라지고 있는 것 같지만 어쨌든 천성이 순한 사람에게 이렇게 성격이 무르면 세상 살기 힘들다고 걱정하거나, 숫기 없는 어린이를 다그치는 어른들이 여전히 많다. 앞에 나서기보단 뒤에서 묵묵히 할 일을 하는 것을 선호하는 내향인을 위한 자리는 어디에 있나 싶다.

나는 늘 내가 머리보다는 팔이나 손 역할을 더 잘할 수 있는 사람이라고 생각해 왔다. 그러나 이를 인정하고 밖으로 이야기하기까지 상당히 오랜 시간이 걸렸는데, "너는 야망이 부족하다" "애가 욕심이 없어서 큰일이다" 등의 말을 자주 듣고 자랐기 때문이다. 누군가를 이끌고 싶은 마음이 없는 내가 어쩐지 잘못된 것처럼 느껴졌다. 하지만 일을 할수록 깨달아 가는 것은 모두가 리더가 될 수 없고 그럴 필요도 없다는 점. 그리고 각자가 가진 다양한 능력이 있고 리더십은 그중 하나일 뿐이라는 사실이다.

간혹 내 주변에는 하고 싶은 일들이 머릿속에서 끊임없이 샘솟는 사람들이 있는데, 나는 그렇지 않다. 대신 누군가의 꿈이나 비전을 들으면 거기에 재빨리 동기화된다. 그리고 그것을 또 다른 사람에게 전하거나 비주얼화하는 일에 재능이 있고 좋아한다. 또 리더가 되어 누군가를 이끄는 것보다는 나에게 주어진 업무를 완성도 있게 해낼 때 성취감을 훨씬 더 많이 느낀다.

누군가는 여전히 자기가 나서서 생각하고 남들을 이끄는 것이 더 우월한 능력이라고 생각할 수 있겠지만, 어떤 탁월한 리더도 조력자나 전달자 없이 혼자서 비전을 전달할 수는 없다. 사람의 신체에서 여러 가지 장기가 각자의 일을 하면서 생체 활동을 하듯 조직에서도 다양한 역할이 필요한 것은 당연한데, 왜 다들 머리가 되라고 하는 것일까?

리더십에 대해 생각할 때면 박웅현 CCO님이 해 주신 어느 훌륭한 70세 조감독 이야기가 떠오른다. 그 조감독을 나이가 들어서까지 감독이 되지 못한 노인으로 볼 것인가. 감독이 멋진 결과물을 만들 수 있도록 옆에서 든든하게 도와주는 최고의 전문가로 볼 것인가. 팔이나 다리, 혹은 신체의 다른 부분들이 머리가 아니라서 하찮다고 할 수 없고, 나의 역할이 머리가 아니라서 내가 내 인생의 주인공이 아닌 것은 더더욱 아니기에, 내가 더 좋아하고 잘할 수 있는 역할을 당당하게 말하려고 한다. "왜 꼭 머리가 되어야 하는데요?"

나의 역할이 머리가 아니라고 해서

내가 내 인생의 주인공이 아닌 것은

더더욱 아니기에, 내가 더 좋아하고

잘할 수 있는 역할을

더 당당하게 말하려고 한다.

"왜 꼭 머리가 되어야 하는데요?"

뻔뻔한 사람이
성공하는 이유

"뻔뻔한 그림 실력이 부러워요." 얼마 전 내 SNS에 달린 이 댓글을 보고 "으하하" 웃어 버리고 말았다. 너무 적절한 표현이라서. 그렇다. 나는 뻔뻔하다. 그림뿐만 아니라 나라는 인간 자체가 좀 뻔뻔하다. 우선 나는 잘 못하는 것도 그냥 밀고 나가는 습성이 있다. 전문가는 물론 일반인이 봐도 턱도 없는 수준의 실력. 초짜 티가 팍팍 나는 것들도 그냥 얼굴에 철판을 깔고 해 버리고 만다. 심지어는 "나 요즘 이거 하잖아" 하며 SNS로 자랑하거나 남에게 보여 주기도 한다. 잘 못 그리는 그림도 계속 그리고, 삐죽삐죽 서툰 실력으로 이상한 것들도 만들어 팔고, 지금도 이렇게 말도 안 되는 글을 그냥 계속 쓰고

있지 않은가. 새로운 걸 한답시고 선보일 때마다 나의 착한 지인들은 차마 이상하다고 말하지 못해 종종 입을 닫곤 하지만 어쨌거나 뻔뻔하게 새로운 걸 계속한다. (하지 말라고 타박하는 사람이 없는 게 어딘가 싶기도 합니다만.)

처음일 때는 서툴러도 그저 하고 본다는 마음으로 밀고 나가는 게 필요하다. '나중에 보면 이불 킥을 할 거야' '흑역사가 될 거야' 하는 마음이 왜 없겠냐마는, 그럼에도 '처음엔 누구나 다 그래'라는 태도로 뻔뻔하게 밀고 나가 보는 거다. 서툴러도 계속하면 실력이 되고, 용기 내어 시도해 보는 것들이 쌓이고 쌓여 나를 만든다고 믿는다.

몇 해 전 갔던 도쿄 아트 북 페어에서 상당한 충격을 받았다. 책이라고 할 수 없을 것 같은 괴상한 작업물들이 너무 많았기 때문이다. 에이포 용지를 반 접어 놓고 'Book'이라고 써서 파는가 하면, 점만 찍어 놓고 그림 작품이라고 하는 것, 자기가 사용한 노트를 책이라고 파는 사람도 있었다. '아니, 아무리 독립 출판물이라도 그렇지 이런 걸 돈 주고 팔다니 너무 뻔뻔한 거 아니야? 이런 걸 책이라고 할 수 있나?' 그러다 이내 이런 생각이 들었다. '그래, 뻔뻔함도 실력이구나!'

만드는 사람이 책이라고 하면 책이고, 아트라고 하면 아트고, 자신을 작가라고 하면 작가다. 뭐라도 시작해서 만들고 봐야 피드백도 오고, 발전도 하지 않겠는가. 어찌 되었든 안 하는 것보다야 100만 배, 1,000만 배는 낫다고 본다. 그날 그들의 뻔뻔함에 신선한 자극을 받은 나도 결국 돌아와서 '뻔뻔하게' 책을 냈으니 우리 모두의 뻔뻔함에 감사할 일이다.

당신은 왜 못하는 게 없냐는 누군가의 민망한 질문에 "하하, 아니에요" 하면서 속으로는 이렇게 말한다. '잘하는 게 아니고, 못해도 뻔뻔해서 그래요.' 글은 작가만 쓰고, 그림은 화가만 그려야 한다는 법은 없지 않은가. 어차피 모두가 프로일 순 없다. 사회 구조의 8할도 중간층이 아니던가! 모든 것의 첫 시작은 뻔뻔함이라 믿는다. 서툰 것투성이일지라도, 빼어난 실력은 아니더라도 뻔뻔한 실력으로 무장한 내가 되련다. 그러다 운이 좋아 프로가 되면 땡큐고, 그저 중간층에 머무른다 해도 어떤가. 손해 볼 게 하나도 없으니 말이다. (그나저나, 이 글의 글감이 된 댓글 남기신 분에게 감사하다. 그런데 설마, 'fun, fun'을 의미하신 건 아니겠지? 그러기엔 내 그림이 웃기진 않으니 아닌 걸로.)

'기왕이면' 말고
'곧 죽어도'

    나는 수더분한 성격 덕에 세상을 상당히 편안하게 사는 사람이다. 타고난 기질이 이러므로 살면서 '좋은 게 좋은 것'이라고 생각하는 일들이 많아 불같이 화를 낼 일이 좀처럼 없다. 가끔은 친구들이 무언가에 분통을 터뜨려도 "그럴 수 있지"라고 대응해 화를 지피기도 하지만 말이다. 아무튼 뾰족한 성격은 아니라 잘 만족하고, 잘 타협하고, 그래서 가끔은 날 선 결정이 필요한 일에는 애도 먹고, 뭐 그런 편이다. 이런저런 장단이 있겠지만, 전반적으로는 세상사에 크게 걱정하거나 괴로워할 일이 별로 없어 만족스러운 편이지만.

    그런데 이렇게 무던한 나에게도 타협할 수 없는 몇 가지가 있다. '기왕이면' 이것도 괜찮고 저것도 괜찮다는 태도이지만 이런 나의 세계에서도 '기왕이면'이 적용되지 않는 영역이 있다. 사실은 손에 꼽을 정도로 몇 안 되기는 하지만 그중에서도 이런 마음이 가장 또렷하게 작용하는 영역은 바로 물건이다. 나는 '기왕이면' 말고, '곧 죽어도' 예쁜 물건만 쓴다. 아니, '그렇게 살고 싶다'가 더 맞는 표현이려나. 내 마음에 쏙 드는 것, 그러니까 어느 부분 하나 거슬리지 않고 심미적으로 흐뭇한 물건들만 일상에 들이고 살아도 모자란다는 마음으로 일상에서 못생긴 물건들을 부지런히 걷어 내고, 아름다운 물건들을 찾아내는 데 열을 올린다.

한때는 눈에 보이는 것만 신경 쓰고 사물의 진정한 내면을 보지 못하는 점이 참 속물 같은 마음이 아닌가 싶기도 했는데, 다시 생각해 보니 아름다운 물건들에 둘러싸여 살고 싶다는 것은 곧 아름다운 삶을 살고 싶다는 마음과 밀접하게 연결된 게 아닌가 싶다. 너저분하거나 너무 낡아서 눈살이 찌푸려지는 것들을 껴안고 그냥저냥 살기보다는 보는 순간 기분이 좋아지고 위안이 되는 것들 틈바구니에서 마냥 행복하고 싶다는 마음 말이다.

이러한 논리는 물건뿐만 아니라 관계에도, 삶의 작은 디테

일에도 적용된다. 가지고 있기 애매하거나 곁에 있으면 기분이 별로인 것들은 멀리하거나 하나씩 없애고, 마음에 기쁨을 주는 것들로 삶을 가득 채워 나가려 한다. 내가 생각하는 이상적인 삶을 위해서는 이 부분만큼은 도무지 양보할 수가 없는 것이다.

여기저기 잘 타협하는 편이지만 그래도 삶에 이렇게 절대 타협할 수 없는 것 한두 가지 정도는 존재한다는 사실에 어쩐지 안심되기도 한다. '기왕이면 아니라 곧 죽어도'의 철학을 가진 삶의 영역도 너무 많으면 피곤하겠지만 기왕이면 나만의 기준을 가지고 사는 게 좋을 테니까. (앗, 이조차 '기왕이면'이라니.) 새로운 걸 수용하면서도 나만의 기준을 지키며 다채롭고 단단한 일상을 만들어 나가고 싶다.

내 삶에 이름을
부른다면

머릿속을 희미하게 스쳐 가는 생각, 적확하게 형용한 적은 없어도 한 번쯤 경험해 본 감정, 시대를 관통하는 유행이나 정신. 우리는 수많은 것들을 겪으며 살아가지만 대부분의 경우 이것들에는 이름이 없다. 무어라 불러야 할지 미처 생각해 볼 겨를도 없이 어느새 사라지는 것들이 세상에는 너무나 많다.

김정운 교수가 '창조는 곧 편집'이라는 의미로 처음 부른 '에디톨로지editology', 김난도 교수가 1인 가구의 경제생활을 조명하기 위해 만든 '1코노미1conomy' 등 신조어 중에는 직관적이고 이해하기 쉽고 공감할 수 있는 이름들이 많다. 그들은 떠다니는 현상의 특징을 잘 포착해 어울리는 이름을 잘 지어 주는 탁월한 작명가들이다.

신조어를 만드는 사람들은 자신만의 철학을 바탕으로 논지를 전개해 나가는 경우가 많은데, 아마도 어떤 현상에 이름을 붙여 주는 순간부터 그 실체가 점점 명확하고 뾰족해지기에 주장을 이어 나가기가 훨씬 더 수월하기 때문이 아닐까. 듣는 순간 의미를 가늠할 수 있는 이름이라면 가장 좋겠지만, 완전히 새로운 이름에 살을 붙이는 일도 있다.

나와 친구들 역시 이름 짓기를 상당히 좋아한다. 회사를 그만두고 아무것도 하지 말자고 친구 '숭'과 함께 만든 '두낫띵클럽Do nothing club', 목요일마다 두 문단 이상의 긴 글을 쓰기로 한 모임 '목요일의 글쓰기', 같은 날 휴가를 내고 회사 친구들과 노는 모임 '자리B움', 지푸라기라도 잡는 심정으로 같이 공부해 보자는 취지로 모인 마케팅 스터디 '지푸라기클럽' 등. 그뿐만이 아니다. 매일 쓰고 그리는 그림일기에 붙인 이름 '규림일기', 내가 사는 집과 작업실에 지은 이름 '꿀하우스'와 '생각의 방', 책상 위 화분들에 붙인 이름 '브리트니'와 '방울이' 등 예를 찾으려면 끝도 없다.

큰 의미 없이 지은 것들이 대다수이지만 사실은 이름 덕을 많이 봤다. 첫째, 확실한 이름이 있기에 더 이상 "그거 있잖아,

그때 그거……" 하면서 얼버무릴 필요가 없어 편하다. 둘째, 이름을 짓고 주변에 공표했기 때문에 어느 정도 사명감이나 강박이 생겼다. 초반에는 큰소리로 떠든 것이 머쓱해 하릴없이 모임이나 일을 이어 나갔지만 하다 보니 애정이 생기고 습관적으로 하게 되었다. 셋째, 별생각 없이 넘겼을 법한 것들에 이름을 통해 의미나 이야기가 부여되니 없던 실체가 생기기도 했다. 이름 지어 주기를 참 잘했지.

김춘수 시인의 시 <꽃>의 한 구절처럼 이름을 부르는 순간부터 그 존재가 소중해지듯 이름을 붙이면서 무언가가 실제로 시작된다. 이름 짓기는 규정, 선언, 정의 역할이기 때문에 어떤 것들은 적절한 이름을 갖게 됨으로써 의미가 생기고, 책임감이 자라나기도 하며, 지속해야 할 이유가 만들어지기도 한다.

그러니 흘려보내기 아쉬운 것들에 더 많이 이름을 붙여 줘야겠다. 그들을 놓치지 않고 소중히 여기고, 또 오래도록 기억하기 위해서.

당신의 삶의 무기는
무엇인가요?

　나는 성실한 사람이다. 대뜸 이런 말을 내 입으로 하자니 민망하긴 하지만 솔직히 꽤 성실한 편이라고 생각한다. 잔꾀나 요행은 잘 안 부리고, 스스로 흐트러진 모습을 잘 못 견뎌하며, 지각은 정말이지 싫어하고, 맡은 임무는 성심성의를 다한다. 이유는 간단하다. 성실하기라도 해야 하기 때문이다.

　나에겐 천재 콤플렉스가 있다. 타고난 천재들을 보면 질투심부터 치밀고 불공평함에 부아가 돋기도 한다. 안타깝게도 나는 천재가 아니다. 아이디어를 낼 수는 있지만 천지개벽할 만큼의 수준은 아닌지라 언제나 동료들의 도움을 받아 완성하고, 창작물의 퀄리티는 컨디션에 따라 들쭉날쭉하다. 오랜

수련을 통해 차이를 줄여 나가야 할 텐데 그러기에는 쌓인 시간이 아직 너무나 부족해 언제쯤 안정적으로 좋은 퀄리티의 결과를 만들 수 있을는지는 늘 미지수다.

이런 상황에서 '성실함'은 내가 보장할 수 있는 거의 유일한 것이다. 나의 의지 하나만으로 지킬 수 있는 안전지대랄까. 다른 덕목들이 타인과의 갈등이나 주어진 상황을 해결하는 것처럼 나 외의 것들에서 잘해야 한다면 성실함은 나 자신만 이기면 되는 비교적 쉬운 싸움이지 않은가. 태생적으로 성실한 인간이라고는 결코 말할 수 없는 내가 그럼에도 근면성실하기로 택한 것은 이런 이유다. 그래서 오늘도 귀찮은 몸을 꾸역꾸역 컴퓨터 앞으로 이끌어 '목요일의 글쓰기'를 하고, 매일 일기를 쓰고, 마감 기한이 다가오는 자잘한 약속을 지킨다.

잘 지켜진 약속들은 차곡차곡 쌓여 나의 자존감이 되었고, 스스로에 대한 신뢰가 되었다. 이런 생활을 오랫동안 해 오니 일종의 강박 같은 것이 생겨 이 철옹성 같은 역사를 이제는 무너뜨리기가 싫어졌다. 매일 찾아오는 '이번 딱 한 번만 건너뛸까'라는 달콤한 유혹에 굴하는 순간이 도미노가 무너지듯 지금까지 내가 쌓아온 모든 것에 영향을 줄 것만 같은 두려움. 그 두려움이 나를 채찍질하고 움직인다.

살아가면서 어떤 새로운 무기가 생길지 모르겠지만 (그런 것이 생기길 간절히 기원하고는 있다) 그전까지는 지금까지 그래왔듯 앞으로도 계속 성실함을 부단히 지키려 노력할 예정이다. 지금으로선 성실함이 나의 유일한 무기이기 때문에.

성실함은 내가
선택한 무기다.

마침표라는 최선

얼마 전 한 영화감독의 인터뷰에서 '마침표'에 대한 인상적인 이야기를 들었다. "아마 작가들 중 '바로 이거야!'라는 확신에 차서 시나리오의 마침표를 찍는 사람은 별로 없을 거예요. 이보다 나은 게 생각나지 않으니 지금의 최선이라는 생각으로 찍을 뿐이죠." '지금의 최선'이라는 말이 어찌나 좋았는지 모른다. 그렇구나, 충분하게 완벽해 보이는 것들도 그때의 최선일 뿐이었을 수 있겠구나. 어쩐지 위안이 되었다.

이 세상의 모든 완성도 있는 작품, 멋진 결과물과 행보들 앞에서 나는 늘 한없이 작아진다. 모두가 강한 신념과 확신에 차서 살아가는데 매일 같이 흔들리는 건 나뿐인 것 같다는 기분. "바로 이거야!"라는 확신은 고사하고, 늘 긴가민가하고 아슬아슬한 기분만 느낀다. 뭘하든 아쉬움은 남고, 결과물은 항상 어딘가 부족한 것 같다. 그렇다고 해서 아무것도 안 하고 가만히 있을 수만은 없는 노릇이니 그저 매 순간 약간의 아쉬움과 함께 마침표를 찍는다.

자신을 잘 괴롭히는 나는 그 마침표들 앞에서 계속해서 스스로를 다그친다. 이것이 정말 옳은 결정이었는지, 더 좋은 방법은 없었는지 지난 일들을 들춰 보며 계속 의심한다. 물론 그 물음들에 "그렇다"고 선뜻 대답할 수는 없지만, 생각해 보니 조금은 당당해져도 되는 게 아닌가? 너무 나를 몰아세우기만 한 게 아닌가 싶어 억울해졌다. 불완전할지라도 그 순간마다 나름의 최선을 다했고, 그 덕분에 결과물이 존재하는 것인데 말이다. 중요한 것은 어쨌든 '마침표를 찍었다는 사실'이니까.

그러고 보면 결국 우리 삶은 마침표의 연속이 아닐까. 멀리서 보면 불완전한 말줄임표(……) 같지만, 돋보기로 확대해서 보면 모든 순간이 지금의 최선이라고 생각하며 찍었던 마침표들의 모임인 셈이다. 최고가 아니면 어떤가. 그 순간에 최선을 다한 것만으로 가끔은 자신을 북돋아 주기도 해야겠다.

자신을 잘 괴롭히는 타입인

나는 그 마침표들 앞에서 계속해서

스스로를 다그친다. 하지만 불완전할지라도

그 순간마다 나름의 최선을 다했고,

그 덕분에 결과물이 존재한다.

중요한 것은 어쨌든

'마침표를 찍었다는 사실'이니까.

내 인생의 등장인물

(인생의) 주인공도 해 보고, 엑스트라도 해 보고, 조연도 해 보고, 그렇게 사는 게 재미지.

— 〈연애 빠진 로맨스〉

2022년에 좋아하는 아티스트 장 줄리앙의 전시에 다녀왔다. 섹션마다 버릴 부분 없이 다 좋았지만, 다녀온 이후 내내 생각나는 건 역시 전시의 가장 첫 번째 코너인 100권의 스케치북이었다. 장 줄리앙이 스무 살이 되던 해부터 그린 그림들에는 그가 10여 년간 만난 다양한 사람들이 그려져 있었다. 대학교 때 어울렸던 친구들, 지금은 아내가 된 여자친구, 가정을 이뤄 태어난 자녀들까지. 그간 걸어온 길에서 만난 수많은 사람이 간단한 설명과 함께 그려져 있었는데 마치 만화책의 등장인물 소개를 보는 듯했다. 그래, 책에만 등장인물이 있는 건 아니지.

싱가포르에서 한 해를 보내고 귀국해서는 반가운 친구들을 잔뜩 만났다. 어디 가서 내향인이라고 하기가 민망할 정도로 열흘간 매일 밤늦게까지 부지런히 친구들을 만났고, 놀랍게도 그 만남과 대화들로부터 상당히 많은 에너지를 얻었다. 돌이켜 보면 나는 늘 존재 자체로 나답고, 혼자 있을 때 온전하다고 종종 착각하며 살지만, 사실 어떤 환경에서 누구에게 둘러싸여 살고 있는지에 따라 나라는 사람은 천차만별로 변한다. 그래서 "사람은 가장 친한 사람 다섯 명의 평균이다"라는 말도 굳게 믿는 편이다.

친한 친구는 열 손가락 안에 꼽고, 그마저도 무소식이 희소식이란 핑계로 연락도 자주 하지 않는 무심한(이라고 쓰고 '형편없는'이라고 읽는) 스타일이지만 그럼에도 곁에 있어 주는 친구들에게 항상 고마운 마음을 느낀다. 한 명, 한 명과의 만남으로 인생은 어떻게 변해 왔나 추적해 볼수록 경이로울 따름이다. 사람의 인연은 평균 7년이라는 이야기를 들은 적이 있다. 나이가 들어갈수록 새로운 관계를 시작하기 꺼리는 이유는 누군가와 친해지고 소원해지기를 몇 번 반복하면서 영원하지 않은 인간관계에 허망함과 공허함을 느끼기 때문이리라. 하지만 분명 그 과정에서도 그 시절만의 이야기가 있고, 그 이야기 속에 존재하는 사람들이 있다.

순간마다, 시절마다 서로의 이야기를 함께 만들고 채워 나가는 내 인생의 등장인물들. 각자의 삶에 주연으로, 조연으로, 또 때로는 엑스트라로 등장하며 서로를 완성해 주는 사람들. 장 줄리앙 인생의 등장인물들을 보며 내 인생의 등장인물들을 떠올렸고, 그들에게 새삼 고마워졌다. 함께여서 빛날 수 있었던 우리. 영원한 관계란 건 없다는 걸 알지만, 기왕이면 오래오래 좋아하는 사람들과 많은 시간을 보낼 수 있으면 한다. 함께 켜켜이 쌓은 기억과 시간에 대해서 먼 훗날 언젠가, 혹은 삶의 엔딩 크레딧에서 다 같이 모여 앉아 웃으며 이야기할 날을 기다려 본다.

내 인생의 등장인물들

인생을 줌 아웃하면
달리 보이는 것들

　최근에 지난 몇 년간 회사가 진행한 다양한 프로젝트들을 보기 좋게 문서로 정리하는 작업을 시작했다. 이 작업에서 가장 크게 느끼고 있는 것은 줌 아웃zoom out의 위대함이다. 그간 가까운 거리에서 들여다봤던 것들을 한 발짝만 떨어져서 바라보니 어찌나 새로운지. 이토록 선명하고 명확하게 보이는 것들이 그때는 왜 보이지 않았을까.

　나는 어떤 일을 시작하면 순식간에 몰입하는 타입이지만 그러다가도 쉽사리 매몰되어 버리고 만다. 몰입과 매몰은 엄연히 다른 영역인데, 이전에 내가 저질렀던 과오의 대다수는 매몰되었기 때문에 일어났다는 걸 안다. 일희일비하며 심한 감정 소모를 하거나, 이게 아니면 절대 안 된다고 고집을 부리기도 했고, 전체적으로 보면 별것 아닌 작은 상처에 하늘이 무너져 내릴 것처럼 좌절한 적도 있었다. 내가 바라보는 것이 전부라고 생각했을 뿐 한 발짝만 뒤로 떨어져 넓은 시선으로 보면 극히 일부임을 미처 깨닫지 못한 것이다.

당시에 유일한 방법이라고 믿었던 것도, 이게 아니면 절대 안 된다고 생각했던 일들도, 그래서 숨이 턱 끝까지 차오를 때까지 미련하게 붙잡고 있었던 것들도 잠시 떨어져 주위를 조금만 둘러보면 언제나 다른 방법 혹은 더 나은 방법이 있었다. 그때 숨을 돌리고 약간만 줌 아웃을 해 봤더라면 주변에 어떤 대안과 돌파구가 있었는지 금세 알 수 있었을 텐데 당시에는 주변을 둘러볼 겨를이 없었다. 한 발짝 떨어져 보기는커녕 당장 눈앞에 보이는 것에 집착하며 더 걸어 들어갔으니 다른 어떤 것도 눈에 들어올 리가 없었다.

프로젝트 단위로 조각조각 일하던 것들을 포트폴리오처럼 한눈에 보이도록 잘 정리하는 작업을 하다 보니 이것이 나에게 너무나 필요했던 일이라고 느낀다. 한 명, 한 명이 정성스럽게 가꿨던 씨앗과 꽃과 나무들을 한곳에 정리하니 비로소 그것들이 이루는 큰 숲이 보인다.

지금껏 내 앞의 나무 한 그루에만 온 신경을 쏟았는데, 옆에 있던 나무는 어떤 열매를 맺었는지, 나는 숲의 어디쯤에 있는지 조감도로 보니 나의 시선이 얼마나 단편적이었는가 새삼 깨닫는다. 내내 줌 인zoom in만 하다 줌 아웃을 한 프레임에서는 완전히 다르게 보이는 것을 경험했다. 마침내 나에게는 줌 아웃이라는 새로운 옵션이 생겼다. 때때로 일부러 멀리 떨어져 보기.

말은 쉽지만 잘 알고 있다. 어느 순간 나는 또 매몰되어 허덕일 것이라는 사실을. 하지만 이제는 심호흡을 한번 하고 한 발짝 뒤로 걸어가서 객관적으로 바라보려 한다. 확대하면 깨져 보여도 축소할수록 오히려 더 선명해지는 픽셀처럼, 줌 아웃하면 오히려 명확하게 보일 거란 믿음이 생겼으니까. 지금 보고 있는 조감도의 개방감과 시원함을 오래도록 기억해 두고 싶다. 일을 할 때도, 살아갈 때도 여러모로 도움이 될 테다.

생각하기 위해
먹는 음식들

오랜만에 스티커 북을 열었다가 예전에 만들어 두었던 다양한 '생각할 거리' 스티커들을 발견했다. 백수 시절에는 남는 게 시간이었던지라 틈날 때마다 빈 종이에 스티커를 하나씩 붙이고 그에 대한 생각이나 대답을 써 내려가는 것이 일종의 오락거리였다. 이것을 시작한 또 다른 이유도 있다. 퇴사하고 잠시 쉬고 있을 때 여러 인터뷰 제안을 받았는데, 그때 예상치 못하거나 한 번도 생각해 보지 않은 질문을 받았다. 그 질문들로부터 생각이 꼬리에 꼬리를 물며 파생했던 경험이 많았기 때문에, 스티커 북을 만들었다. 생각할 거리를 마주하는 순간부터 비로소 시작되는 생각들이 의외로 많다. 아니, 실은 그게

전부일지도 모른다.

그러니 아무렇게나 뻗어 나가는 내 생각의 주도권을 잡으려면 나부터 자신에게 질문을 던져야 할 테다. 하지만 매일 새로운 질문을 떠올리는 것도 쉽지 않고 가만히 앉아 있는다고 소스가 뜬금없이 떠오르지도 않을 테니 생각할 거리들을 담은 보따리를 늘 가지고 있어야겠다는 마음으로 이렇게 틈날 때마다 조금씩 모아 두었다.

삶이 바빠지면서 기억 한편으로 치워 둔 이 스티커들을 마주하고는 얼마나 반가웠는지 모른다. 몇 가지 질문에 대해 대답해 보니 자연스럽게 평소에 안 하던 다른 생각들로 이어졌고, 오랜만에 이 반가운 감각에 약간 희열을 느꼈다. 더불어 이것이 싱가포르에서 생활하는 나에게 꼭 필요했던 것이란 걸 깨닫고는 이 재발견이 무척 행운으로 다가왔다. 서른 살이 넘어서 타지에서 외국어로 생활하는 일은 도무지 익숙해지지 않았다. 하고 싶은 말이 100퍼센트라면 보통은 50퍼센트, 많아야 기껏 70퍼센트 정도를 표현할 수 있을 뿐, 움켜쥔 손가락 사이로 빠져나가는 모래처럼 늘 일부가 누락되고 그 틈새에 무한한 갈증이 늘 존재했다.

하지만 언제나 언어 탓만 하기에는 서글프고 비효율적이

다. 갈증을 조금이라도 해결하기 위해 내가 찾은 그나마 최선의 방법은 떠오르는 생각을 평소보다 많이 써 두는 것이다. 그러면 하고 싶은 말은 120퍼센트, 150퍼센트가 될 테고, 누수를 감안하더라도 내가 표현할 수 있는 것을 80퍼센트에서 90퍼센트까지는 끌어올릴 수 있지 않겠는가. 그러니 해외에서는 무엇이든 자연스럽게 훨씬 더 많이 끄적이게 된다. 그럴 때 이러한 생각할 거리 모음집이 도움이 된다.

최근에는 길을 걷다가 'food for thought'라는 표현을 접했다. 사전적으로는 '(깊이) 생각할 거리'라는 뜻인데, 생각을 위한 음식이라니 정말 시적이고 사랑스러운 표현이 아닌가. 그저 사는 대로 생각하고 싶지 않다. 오히려 내 생각이 내 삶을 주도적으로 이끌었으면 한다. 안 하던 생각을 새롭게 해 보거나, 희미한 생각들을 좀 더 구체적으로 만들기 위해서는 반드시 생각을 위한 다양한 음식이 함께해야 한다. 이번 주말에는 천천히 이 음식들을 음미하며 사색의 시간을 보내야겠다고 다짐해 본다. 이 많은 'food for thought'들은 나를 어떤 생각으로 이끌어 줄지, 도통 예상은 어렵지만 모쪼록 기대된다.

건빵 같은 하루에도
별사탕은 필요하니까

좋아하는 것에 대해 말하는 가운데 '인간'은 가장 잘 드
러난다.

– 무라카미 하루키

대학생 시절, 당시 유행했던 블로그를 시작했던 게 엊그제
같은데 어느새 시간이 훌쩍 흘렀다. 얼떨결에 이름 앞에 '15년
차 블로거'라는 수식어가 생겼다. "어떻게 그렇게 꾸준히 쓰
세요?"라는 질문을 꽤 많이 받지만 대답하기가 퍽 난감하다.
글쎄요, 하다 보니 이렇게 되었습니다만…….

그런데 생각해 보니 신기하다. 뭔가를 시작해도 금세 질려

버리는 내가 15년이나 블로그를 운영할 수 있었던 원동력은 뭘까. 책임감도 아니요, 사명감은 더더욱 아니다. 아무리 생각해 봐도 "재미있어서"라는 싱거운 답 말고는 없다. 블로그는 내가 하고 싶은 말들을 가감 없이 뱉어 낼 수 있는 창구다. 또 블로그에서는 사진이나 글쓰기처럼 시작하고 싶지만 그래도 될까 망설이던 일들을 소심하게 해 볼 수 있었다. (그래서 목요일마다 글을 올리는 폴더 이름은 여전히 '소심한 글쓰기'다.) 사람들의 반응이 있든 없든 나만의 이야기가 하나하나 쌓여 가는 것에 재미를 느껴 유독 즐거운 날도, 또 힘들었던 날도 어김없이 블로그에 글을 썼다. 그러는 사이 블로그는 내게 존재 자체만으로 위안이 되어 있었다. 언제나 돌아갈 수 있는 곳, 숨통이 트이는 곳.

순전히 좋아서, 재미있어서 하는 일의 힘은 우리의 생각보다 훨씬 더 강력하다. '즐기는 사람을 이길 수 없다'라는 뻔한 말을 굳이 언급하지 않더라도, 장르를 불문하고 순수하게 재미있고 좋아서 하는 영역이 뚜렷한 사람들은 얼굴에서부터 티가 난다. 요리, 서핑, 달리기, 문구, 영감 수집…… 다행스럽게도 내 주변에는 뭔가에 깊이 빠져 있는 사람이 많았다. 살면서 힘들 때마다 돌아갈 구석 하나 있다는 것이 일상에 얼마나 활력을 돌게 하는지는 그들이 굳이 말하지 않아도 느낄 수 있었다. 오랫동안 지켜보며 발견한 그들의 또 다른 공통점은 회복탄력성이 유난히 좋다는 것이었다. 일이 잘 풀리지 않아 좌절하거나 우울할 때, 그들은 퇴근하고, 또는 주말에 재빠르게 자신이 좋아하는 영역으로 돌아가 스스로 치유하고 왔다.

아무쪼록 삶에서 자신이 좋아서 하는 것 하나쯤은 있어야 하지 않을까. 퍽퍽한 건빵만 계속 먹다 보면 목이 메는데, 이를 대비해 봉지 안에 별사탕이 함께 들어 있는 이유와 같다. 건빵을 먹다가 만나는 별사탕 한두 알의 반가움처럼 우리의 일상에도 필요할 때마다 꺼내 먹을 수 있는 작은 기쁨이 있어야 한다고 믿는다. 별사탕만 먹어서는 마냥 달기만 하고 건빵만 먹는 것도 금세 질려 버리기 마련이니, 두 가지가 적절하게 섞여 있어야 건빵 봉지를 뜯는 재미가 완성되니까.

15년째 이어 온 블로그, 8년째 하고 있는 글쓰기, 매일 아침마다 짧은 일기 쓰기. 마음이 힘들거나 생각대로 일이 풀리지 않아 좌절해 있는 날에 숨 쉴 구멍이 되어 주고, 길을 잃었던 날들에 돌아올 곳이 되어 준 건 늘 '내가 좋아서 하는 일'이었다. 팍팍한 일상에도 이런 일들 덕분에 금세 몸을 일으켜 세울 수 있었고, 더 잘 살고 싶어졌다. 기왕 일하며 살아가는 것,

오래오래 즐겁게 해내고 싶고, 좋아하는 것들과 해야 할 일들을 적절히 조합하면서 일상을 지속 가능하게 잘 꾸려 나가고 싶다. 별사탕이 필요한 건 건빵만이 아니다. 우리 일상에도 별사탕은 필요하다.

매일의
감탄력

초판 1쇄 발행 2024년 4월 10일
초판 4쇄 발행 2024년 7월 30일

지은이 김규림
펴낸이 권미경
기획편집 박소연
마케팅 심지훈, 강소연, 김재이
디자인 ROOM 501
펴낸곳 ㈜웨일북
출판등록 2015년 10월 12일 제2015-000316호
주소 서울시 마포구 토정로 47, 서일빌딩 701호
전화 02-322-7187 **팩스** 02-337-8187
메일 sea@whalebook.co.kr **인스타그램** instagram.com/whalebooks

소중한 원고를 보내주세요.
좋은 저자에게서 좋은 책이 나온다는 믿음으로, 항상 진심을 다해 구하겠습니다.